九月の恋と出会うまで

九月之恋

松尾由美 （日） 著

夏殊言 译

U0314492

化学工业出版社
· 北京 ·

本书中文简体字版由日本双叶社授权化学工业出版社独家出版发行。
本书仅限在中国内地（大陆）销售，不得销往中国香港、澳门和台湾地区。未
经许可，不得以任何方式复制或抄袭本书的任何部分，违者必究。

北京市版权局著作权合同登记号：01-2021-3542

图书在版编目（CIP）数据

九月之恋 /（日）松尾由美著；夏殊言译 . — 北京：
化学工业出版社，2022.10
ISBN 978-7-122-41947-7

Ⅰ . ①九… Ⅱ . ①松… ②夏… Ⅲ . ①长篇小说—
日本—现代 Ⅳ . ① I313.45

中国版本图书馆 CIP 数据核字（2022）第 136773 号

责任编辑：李　壬		责任校对：宋　玮	
内文排版：蚂蚁王国		封面绘图：Starry 阿星	

出版发行：化学工业出版社（北京市东城区青年湖南街 13 号　邮政编码 100011）
印　　装：三河市双峰印刷装订有限公司
880mm×1230 mm　1/32　印张 8½　字数 180 千字　2023 年 3 月北京第 1 版第 1 次印刷

购书咨询：010-64518888
售后服务：010-64518899
网　　址：http://www.cip.com.cn
凡购买本书，如有缺损质量问题，本社销售中心负责调换。

定价：48.00 元　　　　　　　　　　　　　　　　版权所有　违者必究

九月の恋と出会うまで

- 1 -

一切的开始，都要从那只褐色小布熊说起。

莫非是一只神奇的小布熊？不不不，只是一只绒布质地，手工线缝，玻璃眼球，看上去软乎乎，身高大约有二十厘米却固定成坐姿的普通小布熊。

接下来所发生的"马克杯大小的奇迹"，创造者当然也不是这只小布熊，而根本就是一个我不认识的人。但如果那天我没有看见这只小布熊的话，恐怕就什么也不会发生了吧。

那天很热，我走在下班回家的路上，结果在经过车站大楼下的杂货店时，突然看到了挂着标签，坐在橱窗里的"它"。

"要不要搬个家呢？"

它那比体色稍稍明亮些的眼睛仿佛对我说了这样一句话。

二〇〇四年的夏天，我，北村志织，过完十月份的生日，就要二十八岁了，现在在一家旅行社的门店工作。

1

门店位于东京郊外，某个商店街与百货公司大楼交界处的角落里。这里从很早以前开始，每到傍晚或者休息日就会变得十分热闹。门店里摆放着世界各国的观光地宣传彩页，我的工作就是身穿套装短裙和马甲，给来店的客人推荐并介绍旅行计划，预订确认或取消飞机火车。碰上运气不好的时候（经常有）还必须帮着取消已经订好的行程。

我住的地方离门店有几站的距离。门店是一周两休，周三那天是固定休息日，还有一天轮休。

不上班的时候我就去看看那些刚上映的热门电影，虽然经常能享受"包场"的待遇，但总是和那些正常双休的朋友错开了休息的时间，很难才能碰上面。

周三只要不是和同事出去玩，大多数情况下就是独自行动。而我在那段时间里却有另一个朋友，那就是照相机。

我原来公司附近的市民中心开设了一个"摄影兴趣班"，本来对拍照就感兴趣，又正好是周三开课，于是我就报名参加了。后来上了一年半左右，因为某些原因不得不放弃了——原本是周三和周六都有一堂课，但因为市民中心规模缩减，就把周三的课取消了，而我又上不了周六的课，只得作罢。

但照相这个兴趣我可没有放弃，手头这台二手单反还是参加兴趣班的时候，在一位年纪挺大的老师强烈推荐下买的。记得他当时说："这样的相机才称得上是相机啊。"

每当周三我休息或者轮休那天天气好的时候，如果没有别的事要做，在家待一天又觉得可惜，我就会拿起相机搭上电车，去喜欢的街道或者小镇转转，遇到心仪的风景便拍上几张黑白相片。

选择黑白相片的原因有二：第一，黑白画面能够让观者从现实中脱离出来，说白了即便拍得很蹩脚（比如构图或者调焦方面），看上去给人的感觉也不至于很糟糕；另外一个原因就比较现实了，黑白胶卷我自己就能冲印，如果需要扩大转印到相纸上可以借用市民中心的暗房，但仅是冲印的话，借助一种叫"暗袋"的工具在家里就可以完成。

会进入我镜头的景物包括那些固定的东西，例如建筑物和路标，以及短暂易逝的景色、形状奇特的云彩、偶尔飞过的鸟和投落在地上的影子，还有一些如被清风吹起的裙摆，传统抑或追随潮流的鞋子。所有这些东西，在某一个瞬间，会像音乐里的旋律一样组合在一起呈现出来，给人以欣喜雀跃的感受。通常在三十六张一卷的胶卷中，能找到一两张拍得好的就很不错了。

从冲好的底片中选出自己喜欢的，然后让冲印店打印出来，整理进相册，这就是我的爱好。只是——

我记得是七月下旬的某日，那时我正在把用完的显影液倒入下水道，结果听到经过屋外走廊的邻居说："好像有化学药水的气味。"这栋公寓的换气扇就安装在大门的正上方,正对着屋外的走廊。

"住在这里的人在干什么呀?"他们很快就给公寓管理员打了电话。对于管理员的询问,我回答说是在冲印胶片,管理员又把我的话转告给邻居。

"这种事为什么要自己做,干吗不拿到店里去?难道是拍的照片有问题?"

我很快就遭到了只见过一面的邻居的质问。

懊悔(这事的确是我做得不对)、不甘心(但再不对也不能被人冤枉啊),种种复杂的心情混杂在一起,再加上今年又是一个大暑之年,下班后我也懒洋洋的没有马上去赶电车的想法。到了晚上,就一个人晃晃荡荡地走到了车站前那家杂货店的橱窗前,一眼就看上了那只褐色小布熊。

那只小布熊柔软的身体靠在一个银制的相框旁,双腿向前伸展。它褐色的眼珠中是黑色的瞳仁,和暖色的身体相比,眼睛散发出稍许明亮的光芒。

"住得这么不开心,不如搬家吧。"

哎,我突然感觉它对我说了这样一句话。

我看着它那软乎可爱但强装出睿智的大脸,在心里重重地点了点头。

　　第二天早上，我把"想搬走"的想法先告诉了管理员。其实冷静地想一想，还是晚点说比较好——至少要等把行李都收拾好了再说。

　　等到周三，我去了一家名叫"远山不动产"的房产中介。我住的这个街区中有不少房产中介，但我比较喜欢那种老式的、用人名当招牌的店，像那种挂着洋文招牌的大牌连锁店，找到的房子很可能会超出我的预算。

　　进门的时候，店主远山正在打电话。他看见我便遮住听筒说："您好，在下远山。"他的声音听起来很深沉，非常好听。远山是个留着花白寸头、穿 Polo 衫的大叔，店里还有一只大个头儿的虎斑猫在到处转悠。

　　他抬手让我先坐下。我就坐着一边撸猫，一边想远山这个名字感觉不像是开房产中介的。出神地胡思乱想了一阵后，远山放下了手里的听筒对我说：

　　"您要找房子吗？"

　　"是的。"

　　"想找怎么样的？"

　　我把现在住的地方的地段和租金告诉他。

　　"我想找个和现在差不多的。还有，可以的话，最好房间的排气和通风效果要好——"

　　远山听到这里微微皱起眉头。

"那为什么要从现在住的地方搬走？"

"这是因为……"

"这点您不明说的话，我这边也不好办哪。比如您现在碰到了什么问题，只有知道问题，接下来我们才能去想方法解决呀。"

对于蹭过来的猫脑袋，他用穿拖鞋的脚尖把它推开，仿佛在告诉猫咪"正在工作哪"。远山的口吻听起来很热情，但他对这个问题却很在意。我的心里有些忐忑，就把前因后果都说给他听了。

"原来如此啊。"远山听我说完，摸摸下巴说。

"有很多木造公寓都是把换气扇安在临近走廊的位置上，现在您住的那一栋就是这种设计。"

"嗯，是的——"

"不过即使搬家的话，可能还是遇到同样的情况。虽然您的邻居是有些神经过敏，但不能保证换了个地方就不会被人找麻烦。"

"您说的也对——"

"您也不想放弃自己冲印胶片这件事吧？"

"所以就请您想想办法。"

"您都拍些什么照片呢？"

"也没什么，就是街道的景色啊，建筑物、招牌、交通标识，还有影子之类的。"

听上去好像怪怪的。我也没想到他会问我这些，所以心里没想好要怎么说。但远山先生并没有感到意外。

"哦，就和明信片上的图画差不多吧。好像在那种小文具店里有卖这一类的明信片。我记得我女儿买过。"

"嗯，是的。"

我没见过远山先生的女儿，但既然他这么说了，应该能理解我的爱好吧，我不由得有些小高兴。

"但是邻居告诉管理员，说我拍了什么可疑的照片，所以才特意在家自己冲印胶片。您说气不气人啊。"

我本来想把这事说得轻松一点，一笑带过，但对方听后立即明白了其中的严重性。

"哦，原来是这样呀。"

唉，不会真把我当成拍可疑照片的怪人了吧。我有些后悔刚才为什么要说出来。

其实怎么想都不可能啊。就算我真的拍了可疑的照片，但我所做的只是冲洗胶卷而已，最后要转印到相纸上还不是得找打印店。就算我真要拍一些见不得人的照片，现如今有更方便的数码相机不用，我为什么要选择麻烦的胶片机呢？我很想把一肚子苦水都倒给远山先生听，又怕引起反效果，最终还是作罢了。

"总之您刚说的这个排气扇问题……"远山先生若无其事地把话题转了回来。

"我看还是要找一间水泥结构的公寓楼比较好,公寓楼要换气的话也是直接输送到楼顶,就不会有您碰到的问题了。"

"但是,预算……"

这才是关键点,从木结构换成了钢筋水泥结构,那租金当然会噌噌噌涨一节。

我把自己的想法如实地告诉远山先生。虽然地段便利和房间大小等是选房时首要的几个问题,但没有一个便宜价格的话这些都可以不用谈了。他听了我的要求后挑来选去总算找到三处房源,随后开车带我去看了一圈,但每处都有这样那样的问题,很难下决定。可现在我似乎没什么资格挑三拣四,谁叫我"一早"就告诉管理员我要搬家来着。

最后下定决心选了其中一间。我告诉远山先生定下来吧,结果前脚回到家,后脚就接到了他打来的电话。

"房东拒绝了。"

"啊?为什么?"

"因为他问您为什么要搬家。"

"哎?"

"我就说您是因为冲洗胶片和邻居产生了矛盾,他们觉得那样的话,这里可能也会比较麻烦。"

"这也太……"

"虽然您也挺冤的，但这事以后再说恐怕更麻烦，还不如早点告诉他们比较好。"

我的情绪一下跌到谷底，只能把另一个选择告诉远山先生。他说先去打听看看。过了三十分钟我又接到了他的电话。

"果然还是不行啊，理由和刚才一样。"

看过的三家现在只剩最后一家了，但远山先生说那家的房东出门了要明天才回来，等到下次休息的时候再说，然后就挂了电话。

当夜，我钻进被窝熄了灯，但脑子里还是在反复折腾，心想无论如何都要搬出去找个好房子。

因为这点破事就被两家房东拒绝难道不奇怪吗？远山先生看上去人还不错，但他对我的事这么热心，是不是另有所图？

尽管有所怀疑，但两天后我又去了一趟远山不动产。

"之后我又找了一家问过，但还是不行。"

"这就有点奇怪了。"我无法理解，"不就是冲印胶片吗？"

"我觉得重点不是冲印胶片。他们在意的是'可疑的照片'。"

我真有一口老血想吐。远山先生，你也犯不着对每个房东都把这件事说一遍吧。（不过一开始相片的事就是我告诉他的，我还真想打自己几拳。）

"当然，我个人是相信您绝对没拍什么见不得人的照片。"

他拍拍胸脯对我说。今天那只爱四处晃悠的店猫不知为何走到我的脚边，顺势滚成了一个团儿。

"只是像这种事还是先告诉人家比较好，说不定日后在哪里听说了就麻烦了。"

"但这根本是毫无根据的事呀。"

"哎，您也别激动。不是有句俗话吗，上帝给你关上一扇门，但他又会给你打开一扇窗。"

"这么说是什么意思？"

"我找到一个有点奇怪的房源。不对，也不能这么说。房源本身很普通，甚至可以说不错，比我们之前看的那三家都要好，而且房租还便宜。只是这个房东比较特别，好像已经拒绝过三个来看房的人了。就是这么个情况。"

这次依旧由远山先生开车带我去看房，但这次去的地方好像要比上次远，另外还多了一个同行者：一只装在竹篮里的猫。

也就在决定去看看那个"奇怪的房源"之后，远山先生不知道给谁打了一个电话。

"店门钥匙、车钥匙、钱包，还有猫。"

他嘴里念叨着，从店里拿出一只竹篮，然后把猫抱进去，盖上盖子。

远山先生把竹篮放在车后座，还给竹篮扣上保险带。

"麻烦开车的时候照看下，别让保险带松开。"

我就乖乖地盯着猫咪。这车一路颠簸，保险带却扣得死死的半点都没有要松开的样子。我透过篮子的缝隙观察猫的情况，也不知道它现在是惊惶不安呢，还是很享受摇晃的感觉，不过总归是很乖地躺在里面。

车开了差不多二十多分钟（后来才知道坐电车大概要两站），好不容易到了，远山先生盯着后视镜对我说：

"你还真一路上都盯着猫啊。"

"不然呢？"

"哈哈。我只是说'照看下'，不过像你这样这么认真地去对待别人的嘱咐，到头来可能会吃亏哦。"

他这话仿佛说到了我的心坎上。

"先下车吧，之后猫就拜托了。"

"拜托了"是什么意思？我在心里嘀咕，但还是抱起装猫的篮子下了车，站在人行道上。

眼前出现了一栋白色外墙的小楼。那是一座两层建筑，中央有一个没有大门的入口，左右各开了一扇窗，看上去像是适合四世同堂居住的一栋房子。房子的外廓左右对称，无论从哪处看都是直线条，但不知为何会给人一种有弧度的感觉。我带着满脑的疑惑，手提着装猫的篮子，和留着花白寸头的远山先生一起眺望这栋建筑的正面。这便是我与戈多之家（Habitation Godot）的初次相见。

我俩看了一会儿，就开始朝停车处前方的一段坡道走去。坡道的那一端也响起了脚步声。或许是因为天气太热，这附近都没看到出来闲逛的行人，这种安静的环境下，脚步声格外清晰——当然还有另一个原因，那脚步声的主人应该是穿着一双木屐。

木屐的主人是个八十开外的老人。他的身形就像是从中国山水画中走出来的似的，上身却穿了一件夏威夷风的衬衫，搭配着一条黑色的裤子。老人大部分头发留到及耳的长度，方正的国字脸上戴着一副黑框眼镜，走起路来两膝微微外曲。

见这位老人朝我们走来，我打算让出道，便往旁边靠了靠。谁知道他走到我们身旁就停下脚步开始上下打量我。他认认真真地从头到脚把我看了两遍，然后注视着我的眼睛问道：

"你有什么爱好？"

"啊？"

我显然被吓到了，瞅了瞅一旁的远山先生，但他递给我一个"回答"的眼神。

"嗯，是拍照。"

"那你现在应该用的是数码相机吧。"

"不，我还是用装胶片的那种老式相机。"

听到我的回答，老人黑框眼镜下的眼神似乎变得柔和了一些。

"哦，那你都拍些什么照片？"

"嗯嗯，街拍之类的吧。"

老人的表情又变了，似乎觉得我的回答还不够充分。

"另外，我还会自己冲洗胶片。"

"哦。"

神秘老人发出略感满足的声音，又开始重新上下打量我。最后，他把目光停留在装猫的篮子上。

"这就是——"

"对，这就是我家那只——"

听老人问起，远山先生连忙用手肘杵了我一下。我捧起篮子，远山先生掀开盖，猫咪懵懂地瞅着我们三个人类。老人脸上突然堆起笑容，他伸出手去捏捏猫咪向后弯折的耳朵，揉揉它那毛茸茸的脑门。

"嗯，不错不错。"撸了一阵后老人心满意足地对远山先生说道，接着便从口袋里掏出一样东西交给他。

"那之后就拜托你了，请多关照。"

"好的，非常感谢！"

"那回头见。"

老人挥手向我们道别。我俩站在原地一直目送老人悠闲地走下坡道，直到转弯看不见为止。

"刚才那位，就是公寓的房东先生。"

远山先生一边从我手里拿过篮子，一边对我说。

"老人姓权藤，好像是位画家。"

原来如此，看上去的确有艺术家的气质，只是我还有疑问。

"那刚才是？"

"啊，类似于面试吧。"

"面试？"

"对，你已经可以住在这里了，刚才得到了房东的认可。"

之前远山先生也提过。前面已经有三个人被拒绝，不通过房东的面试就绝对没可能住下来。

"那我们来这里也是房东拜托您安排的吧。"

"是的。但从我和他接触过的几次来看，直觉告诉我他不会只是把你叫过来，面对面问一些普通的问题。既然都通过了，还是先去看看房子吧。在二楼 B 号室。"

我和远山先生走进宅子，穿过没有大门的入口，突然明白了刚才为何会觉得这栋房子"有弧度"。那是因为建筑的位置与宅地和坡道相对比，稍稍有一些倾斜。

"和艺术有关的人优先考虑，这就是他的规矩。"

远山先生告诉我入住这栋公寓的条件。

"这一类人如果租房有困难的话，我会提供给他们一个安

居的场所。"

"啊？"

穿过入口后，左右两边是一楼房间的玄关。我们走上通往二楼的阶梯，无论是茶色的楼梯扶手，还是开在楼梯转角处上方的小窗，都给人一种外国古典建筑的感觉。屋外的阳光穿过小窗投射在转角处的地板上，我和远山先生一前一后地转身走向二楼。

"和艺术有关的人……那比我有资格的人应该多的是吧。"

爬楼梯的时候我突然想到便说道。

"嗯，的确有很多，但他有他自己的标准。"

我俩在左手边大门上写有"2B"的房门前站定，远山先生从口袋里掏出房东给的钥匙，打开了门。

好大！这是我开门后的第一印象，比之前看过的三家都要大。房龄看上去有些老，但室内层高以及清爽的内装可以让我完全忽略这一点。

"阳台朝南，墙上的窗户朝东，楼上楼下四个房间都是边角房，所以房型都很正，保护隐私方面也做得很周到。"

远山先生说着把篮子放在地板上，猫咪就像个小贼似的蹑手蹑脚地跨出篮子。

"天花板和墙壁都有隔音层，你的话也不用担心排气问题，无论是冲胶片还是干什么，都随你喜欢。"

　　我高兴地开始把房间里的门都打开，看看厕所和浴室什么样子。虎斑猫咪竖着尾巴，一脸认真地跟在我的屁股后头。

　　房间是标准的一室一厅，因为面积很大，即便是行李很多的租客也不会觉得拥挤。现在房间还空荡荡的，角落处放着一架木制的梯子，大概是负责打扫房间的工作人员落下的吧。

　　房间尽头的阳台朝南，阳光充足，但反过来说肯定很热。我这个人受不了吹空调，所以一直都没有装，那夏季白天可能会有些辛苦。

　　仿佛是看穿了我的心思似的，远山先生打开了窗户，凝滞的空气一下子流动起来。室外明明那么闷热，室内却出奇地凉爽。

　　"通风不错吧。"远山先生说。

　　"这一带通风比这里好的房子可不多哦。我看哪，应该是这栋房子的角度设计得比较妙。你说是不是？没有和道路平行，微微留出了一点角度。"

　　"这是有谁特意设计过的吧？这样做就能大幅度提升通风的效果。"我突然想到便问道。

　　"是设计师吧，应该不是房东做的。"

　　远山先生用一只手把在房间里转悠的猫咪给捞了起来，抱在怀里。然后他拉开移门走出阳台，我紧随其后。

　　一般公寓的阳台都是和隔壁连通的，中间会用隔板或者墙

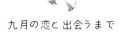
壁隔开，而这栋建筑的阳台都是独立的。我觉得与其说房东比较重视个人隐私，倒不如说房间与房间之间本来就有走廊相隔才会这么设计。

"啊，独立的阳台。"我说。

"是啊。"远山先生应道，"房东原来是不打算要阳台的，他说巴黎的公寓都没有阳台，装那东西干什么？"

"哈啊——"

"但这里是东京的乡下，不是巴黎。就算是艺术家，也总要有个地方晒晒被子、晾晾衣服吧。他最后还是被设计师说服了，安了阳台。"

房东年轻的时候应该是去过巴黎留学吧。说起来，这栋公寓名字中的Godot应该也是来自房东姓氏"权藤"的谐音❶。

"这个阳台不大，而且还是独立的。万一有个意外，你也没办法通过阳台跑到隔壁去。这时候你就往下跳吧，稍微用点力，前面就是农田，土质可是很松软的哟。"

正如远山先生所说，向外望去，不远处就是一片农田。隔着农田的另一边，是栋有些老旧但面积不小的平房，它的后门正好对着公寓。

"那是房东的家。"远山先生说。

---

❶ 权藤的日文发音为Gondo，与Godot近似。

17

"这块田也是？"

"原来应该是他的，现在已经卖掉了吧。

"权藤家原先是这一带的大地主，继承人也就是现在的房东却学起了艺术。他这个画家并不是业余爱好，而是正经开过画展的。不过他也没有因此越赚越多。哎，他们艺术家的世界，我们不懂。"

"嗯嗯——"

"不过日子嘛总还是要过的。他就建了这栋公寓，收收租金。这里是除那栋平房以外他唯一的财产。但作为一个艺术家，当房东终究是副业，所以他一开始也没打算靠收房租赚大钱。

"把房子租给出于各种原因租房困难、和艺术相关的人，给他们提供援助，这是他的理想，所以房租才会那么便宜。"

"原因我是明白了，这也的确帮了我的大忙——但正如刚才您所说的，我总感觉自己没沾上艺术的边——"

"但我不是也说了吗，房东自有他的评判标准，你就别为这事不好意思了。别人认同你有什么不好的？那你看怎么样？"

"怎么样？"

"要租这个房间吗？"

当然了，我立马回答他。

远山先生怀里的猫咪开始挣扎，我俩从阳台返回室内，拉上移门。看来猫是打算回到篮子里去。

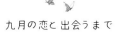
　　看完房子，我们打算坐车回去。离车还有一小段路，远山先生便开始给我讲起房东先生选租客的"标准"。

　　"要成为那栋公寓的租客，首要条件是做和艺术有关的事，另外就是在别处租房比较困难，年纪不要太大，独身，但学生不行。美术或者音乐相关专业的学生都有父母在背后支持，所以他们的经济能力不成问题。

　　"像那些经济已经独立的人，或者说是以艺术为本职工作的人，大多没法一个月一个月地交房租。因为艺术这个行当，大部分人还真都没什么钱。

　　"如果可以的话，房东他还想把房租再降一降，但如此一来，他自己的生活可能就会变得困难。后来他就想了一个折中的办法，也不要求租客都是以艺术为本职的人，就算从事和艺术无关的工作，只要生活中做和艺术相关的事都可以成为租客。但这样一来恐怕申请的人会变得很多。

　　"这就忙坏了我们。包括我在内，还有两个和房东常年签约的中介，每当公寓有房间空出来可以租了，就要到处去找房东想要的那种租客。但一般情况下都很难对上他的胃口。

　　"如果怠工的话房东肯定要来问罪，我们这里也只能尽力而为，就算找到了还要像刚才那样带人去接受房东的'面试'，如果他觉得不满意肯定会拒绝。"

　　透过车内的后视镜，远山先生看看我，继续开始抱怨。

19

"一开始我们也是凭感觉找租客，介绍些我们觉得房东先生应该会喜欢的人给他。啊，我这么说你可别误会哦。我说他喜欢，不是说那方面的兴趣哦。目前住在公寓里的三个租客，其中两个是男人。"

我也没误会远山先生，因为房东看上去不是那样的人。

"说起来，目前住在公寓里的三个租客中，只有一个人的本职工作和艺术有关，好像是在交响乐团里拉琴的。拉什么琴我叫不上来，就是和小提琴差不多，但是要大很多的那种。还有两个是医生和上班族，他们能入住的原因也都和你一样。"

车开到了远山不动产门外，仍旧由我抱着装猫的篮子走进店内。

之后就开始办理必要的手续了。等该签该付的都办完以后，我深深地朝远山先生鞠了一躬，表示由衷的感谢。现在回想起来，远山先生之所以把我冲印胶片的事告诉之前的几个房东，都是为了让我能达到画家房东提出的"租房不易"这一条件，他还真是有心了。

于是从八月中旬开始，我就过上了崭新的生活。

算不上多的家具和日用品，几件换洗的衣服，几本书和听过的 CD，照相器材和冲印用的工具。这些东西都随我一起搬进了新家。还有那只小布熊。它可是让我下决心搬家的恩人，

新房找好后我就立马把它买了回来。

异于往年的酷暑依旧每日炙烤着我的体肤，我一天天地开始习惯了新居的生活。下班后搭上路途比以前更远的下行电车，走出没有时髦商店、三步两步就能到头的商店街，悠闲地漫步在两旁是住家和田地的道路上，吸纳着土地和绿意散发出来的柔润空气，真是让人心旷神怡啊。

家具没有增添，但房间要比之前的大了许多，平添了很多空隙。打开窗户后，艳阳炙烤产生的闷热被清风一扫而尽。

"我回来了。"

我对梵豪说。梵豪是那只小布熊的名字。因为它全身的褐色让我联想到可可，于是我就用可可粉的荷兰老牌子"VAN HOUTEN（梵豪登）"给它取了名字。

"之前那个说要去新加坡的客人，最后还是取消了。"

我把挎包扔在床上，蹲坐下来面朝小熊。

"真是气死我了。之前就变来变去改了好几次，最后竟然不去了。"

小熊当然不会回话。即便如此，每当看到梵豪那张圆脸和褐色的大眼睛，积聚在心头的烦恼就会烟消云散。而且这样做不会像打电话吐苦水那样，放下电话后就陷入自我厌恶的深渊，也比一个人对着空气自言自语更有真实感。

"算了，他也付了取消费，我也算没有白忙一场。"

最后只能找这种话来自我安慰。

不过这样想多少能缓解一下失望的心情。之后无论是做饭还是洗澡都有小熊陪着我。梵豪对我来说，不只是一只小熊，而是一个最好的同居伙伴。

和我同住在一座公寓里的那些人，应该都是像我一样独守空房，每天都要对烦恼和阴郁打招呼的人吧。

不过究竟都是些怎样的人呢？一开始我完全猜不出来。搬来的时候也没有和他们打过招呼。后来我和远山先生提起过这事，他说：

"不用去打招呼不是挺好嘛，每个人都有自己的空间。其实房东也挺烦那种来了就要前后左右、楼上楼下打点一遍的日式习惯。"

因为这样，我对他们的了解只有从一楼信箱上得知的房间号码和姓氏——祖父江（1A）、仓（1B）、平野（2A）。这其中我第一个见到的是一楼1B的住客。

那天我正好买东西回来，那人正在锁门打算外出。他抱着一个很大的装乐器的箱子，不过就算没抱这个箱子他看上去也很特别，大约三十多岁，人高微胖，微微挺立的鼻梁下有一撮小胡子。

四目相对，我本想做个自我介绍，但感觉到对方似乎急着

出门便作罢，只是彼此轻轻地点了个头便各自离开。

中介远山先生曾说过："另外三个租客中有一个是在交响乐队拉大号小提琴的人。"大号小提琴应该是中提琴？我在脑海中回想各种弦乐器的画面。刚才那男人抱着的乐器箱足有一个小孩那么大，我也不能确定是哪种乐器，但能确定他就是住在我正下方1B的仓先生。

另外一位就是在阳台上见过几次的女性。貌似是1A号室的租客祖父江小姐。同样三十岁左右，是个气场十足的大美女。她黑色的长发在脑后扎成一束，眼尾上扬，容貌端庄亮丽，给人一种很精干的感觉。除此之外她的身材也很好，凹凸有致，丰满立体。

入住这栋公寓的条件之一就是"在别处租房困难"。1楼B号室的仓先生符合这一点很明显是因为他的乐器，而祖父江小姐也有她的原因——她养了一条狗，而且还是大型犬哈士奇。

我有好几次回家的时候碰见她正带着狗散步归来。哈士奇那不那么丰富的表情加上蓝色的眼睛，和祖父江小姐锐利的眼神以及充满自信的步伐倒是格外相配。

剩下的只有2楼A号室的"平野先生"了。搬过来半个多月我还一次都没有见过他。话虽如此，这个人却是三人之中存在感最强烈的那个。

这栋公寓的隔音效果要比普通的好上许多，其他房间的租客在室内做什么我完全听不到（正下方的仓先生应该在房间里练习过乐器，但我也从来没听见过），但二楼走廊上的脚步声，以及开关门的声音却能透过大门传进来。我不在寝室，待在起居室的时候，就能很清晰地听见隔壁邻居是"出门了"还是"回来了"。

通常是每周六之外的早晨，我刚刚起床正在准备早饭的时候，会听见他离开的关门声。而回来的声音则要到晚上的八点半到九点之间才会响起。偶尔他会回来得比较早，晚归的情况也经常发生，但并非常态。

据远山先生说，除我和乐团乐手之外，还有一个医生和普通上班族。三人之中有两人是男性，那我猜一楼的祖父江小姐应该是医生，隔壁的平野先生就是上班族咯。我应该猜得没错，因为从祖父江小姐那气场就看得出来，而隔壁的平野先生的出勤时间则非常规律。

"隔壁的平野先生是个怎样的人呢？"

某日的清晨，耳边飘过平野先生的脚步声时穿着睡衣的我向梵豪问道。

当然无法得到回答。蕾丝窗帘在阳光的照射下轻轻摇曳，梵豪褐色的眼眸发出顽皮的光芒。

"如果你很在意的话，早起三十分钟看一看不就知道了吗？"

仿佛被提出了无理要求似的，我使劲摇摇脑袋。少睡两刻钟，实在是做不到啊。

一个下雨的周三，我去上班的那条街采购，回来的时候突然萌生出"想吃冰激凌"的念头。类似冰激凌或者巧克力之类的甜食，有时会像现在这样，突然很想很想吃。难得任性一下，犒劳一下自己也没什么不好的吧。

车站前正好开了一家大型连锁冰激凌店，平日下班后我都不太想进去，因为它的玻璃墙面朝大街，我怕在吃的时候被同事撞见难免尴尬，但今天我休息就没有这种顾虑了。

午饭时间刚过不久，再加上下雨的关系，狭窄的店铺内只有一个客人。我拉开面前的椅子坐下，点好单，开始幸福地品尝混合了两种果味的冰激凌。

我正陶醉在冰激凌的美味中，突然发觉角落里那个在吃巧克力蛋筒的客人有些眼熟。首先点亮我记忆的是他的小胡子，紧接着就是微胖肉感的脸颊和从坐姿推算的身高。整合在一起后，我意识到那不就是住在我正下方的交响乐团成员仓先生吗？

就在我对他的身份猜测犹豫不定的时候，忽然发觉对方的眼神也有所动摇。看来他也发现我了，大概同样也在确认自己有没有认错人吧。

有经验的人或许会明白这种感受：在冰激凌店大快朵颐的时候突然碰到熟人是很尴尬的事情，尤其是在一家很小的店里一个人舔着蛋筒时。不像喝酒什么的，还能招呼着一起来一杯，吃冰激凌这种事通常只能独享，而且也不想被别人看到。所以我俩如果想要有进一步的交流只能等吃完了再说。

仓先生和我都开始慌慌张张地清扫手里的美味，真是可惜了这份享受。

先来的仓先生解决了他的蛋筒，离开座位。我也不能落后，忙草草打扫好战场走到店外。等我刚打开伞就听见仓先生在对我说话：

"你是最近搬进二楼的那位吧？"

原来他在店门口等着我。

"啊，是的。在下北村。"

"敝人姓仓。你是到这附近来办事吗，还是正打算回去？"

"我正好要回家。"

"那要不要到我那里坐坐，我请你喝好喝的红茶。"

于是我就和仓先生一起搭乘下行电车回家了。

仓先生倒是一个很随和的人，他告诉我自己在交响乐团里演奏大提琴，前段时间在地方公演刚刚回来，这几天休息，今天是去镇上的某家大型超市买食材，诸如此类说了很多。刚才出站的时候我的确见他一手拿着伞，一手拎着大型超市的购物袋。

"有件事先和你说一下，请不用担心我会对你做什么，虽然我家就我一个人。"

"啊，这我倒不会。"

"你可以认为我对女性毫无兴趣。其实我的心已经被住在隔壁的玛丽偷走了。这样你应该安心了吧？"

"玛丽？"

"就是住在一楼 A 号室的那位。"

"哦，你说的是祖父江小姐吧。她好像是医生——"

"是的。玛丽是我给她取的爱称。她就像是早期 B 级电影里那种善于演绎施虐狂的斯拉夫美女。"

这样说来，我也见过几次祖父江小姐，她和这个爱称或许真的很配。

1B 就在我房间的正下方，照理装修应该和我房间的一样，实际上却完全不同。简单地说就是给人一种优雅的印象，会这么感觉，倒不完全是因为房间里放着那把大提琴的缘故。

间接照明的台灯、色彩深沉多样的橱柜，房间中的每一样家具都散发出独特的品位。这是只有满足时间、金钱、品位，这三样不可或缺之物才能营造出来的特殊氛围。交响乐团成员在我的印象里应该不是什么特别赚钱的职业，但现在看来或许是我想错了。也许仓先生还有别的收入来源。

总之，为援助生活困难的艺术家而建的公寓或许只是个噱头，其实"为了满足房东的自尊心，所以找些与真正的艺术有关的人来住"才是主要目的。

也就在我感叹的同时，仓先生给我端来了红茶。我道谢后喝了一口。

嗯？这口感与我认知中的"红茶"完全不同。滑入味蕾的那一刹那，巨大的挂钟、闪闪发光的瓶中船、猫咪柔软竖立的双耳——种种怀念憧憬和令人心神愉悦的印象突然浮出脑海。

我没问他这是什么牌子的红茶。就算知道了恐怕也记不住。即便记住，某天在货架上看到，肯定也会因为价格而犹豫不决。

我或许猜到了仓先生请我喝红茶的真正目的。被人目击在某个美国连锁冰激凌店里吃巧克力蛋筒，那场面极富童趣，但也很丢人。而现在招待我喝高级红茶似乎是在声明，那并不是他的本来面目。

"真好喝。"

我不禁赞道，仓先生也理所当然地点点头。

"刚才我说了很多自己的事，现在能不能换你介绍一下自己呢？"

大概是因为在自己家的缘故，他的口吻也比刚才在外面时更加坦然。

"介绍我自己？"

"我只听说你在旅行社的门店上班，但不知道你平时还会做些什么。既然搬进了这栋公寓，那你有什么爱好？"

于是我告诉他拍照的事，当然也说了自己不是什么专业摄影师，只是业余爱好者，玩票性质居多。我还把发生在之前那栋公寓里的事，以及后来委托中介找房子的始末都说给他听。

"原来如此。"

仓先生听完后，点点头道。

"这样看来，你应该是乙种合格。"

"乙种?"

"相当于第二选择吧。房东选人的标准你也清楚吧，艺术相关者，但是租房困难的人。

"所谓甲种合格，就是和标准完全吻合的对象，比如我。专业的音乐家，但哪里都不欢迎我这种平日里需要练习乐器的人。房东也为了照顾我，表示对我的敬意，还特意更换了连接阳台的窗户，换上那种隔音效果很好的双层玻璃。

"玛丽，也就是祖父江小姐和你一样也是乙种。她是因为养狗所以找不到理想的住处。但她的职业是医生，也没有与艺术相关的爱好。尽管如此，房东还是给出了通行证。哈哈，这也多亏了中介大叔有些夸张的赞扬。说她的手术水平超一流，手起刀落，行云流水，像极了艺术。这吹得还真像回事啊。但在我看来，她本人更具艺术性。"

他突然表情严肃地转向我说：

"我觉得她自身就是一件艺术品。不仅是容貌，而是一言一行都散发着美感。"

听他如此赞誉祖父江小姐，我的脸上大概露出了无法理解的表情。

"有什么觉得奇怪的吗？"

"没有没有，你说祖父江小姐是艺术品我完全能想象出那个画面。"

高冷美女带着一条大型犬，英姿飒爽地漫步在街道上。嗯，的确让人赏心悦目啊。

"如果这是入住条件的话，那像我长这样，应该不合格才是呀……"

"并不是你想的那样。不是那么表面的东西。"

仓先生连忙给自己打圆场。

"而且你也没有长得特别丑啊。你看你无论是脸还是身材都是偏瘦的那一型，就是屁股有点大。"

真不好意思，屁股大碍你事了。这我自己也知道，但这和胖瘦无关，是骨架的问题，怎么努力都没办法。

仓先生为我续上红茶。

"实话实说吧，权藤老伯的确对那种外形具有画面感的人有偏好。他是一个独居的艺术家，这栋公寓也不是为了搜罗俊男美女开后宫而建的。他在选择租客的时候，会下意识地运用到他画家的审美意识，所以才选中了我们这些人。"

这样一说仓先生自己也算不上什么美男子，人长得胖，脸型像陶瓷的狸猫，但整个人的形象的确很有画面感，就算让他在欧洲电影里出演一个配角也不会觉得突兀。他本人应该也了解这一点。

"你的话，对摄影感兴趣，之前也因为这个爱好被排挤出公寓，再加上你的仪表也达到标准，所以综合评定下来，刚好超越了及格线，能够成为这栋公寓的租客。"

我回想起"面试"时房东的表情，原来是这个意思啊。这下我明白了——但仓先生的说明听起来总有些怪怪的，也不知道他这个"达到标准"究竟是在说我好还是说我差，总之有些微妙。

"对了，我有件事想问。"我换了一个话题，"二楼的平野先生，他又是哪点达到标准了呢？"

"你见过他了吗？"

"没有。"

"他也是今年刚搬来不久，我和他见过，也说过话。当时我找了个借口，就说有邮件送错了房间，顺势进他房间看了看。"

你一个艺术家，怎么会这么八卦呢？真是充满了好奇心的人。

"乍看是和你差不多年纪的男性，好像在事务所之类的地方上班——我记得他说貌似是销售方面的工作。其实我也一直都没搞明白，房东为什么会同意他成为租客。"

"你是说他的综合评分比我还要低？"

"是的。长得绝不难看——甚至还有点帅，但他那个长相，应该不受异性欢迎，尤其是现在的女性眼光都很高。具体要怎么说呢，看上去不够霸气，气质也不出众，身形也病恹恹的，谈不上形体美。我觉得房东站在画家的角度也不会给他打高分。"

"这是你对他外表的评价。"我接着问，"那艺术方面呢？"

"不上班的时候应该会有私人时间吧。爱好也好，消遣也好，总会有自己想干的事。有一次我问他一般会做些什么，他回答'也没什么'就把话支开了。而且据我观察，他是一个与美术或者音乐完全没有交集的人。"

仓先生斩钉截铁地说，小胡子也随之上下抖动。不过他为什么会如此断定呢？

"首先呢，我能够凭气息察觉出对方对音乐是否有感觉。这个或许比较难理解，稍后我会解释给你听。总之，平野先生不光对音乐没有任何感觉，连起码的节奏感也非常差。你听他那单调的脚步声就能明白。"

"啊？"

"由此我就可以把西方音乐从名单上划掉。"仓先生继续说。

"那会不会是日本古典的雅乐呢？这一类型的音乐就不那么注重节奏感。但从事那一类音乐的人仪态会与众不同。坐如钟、行如风，你懂了吧？"

我想了想，点点头。

"在平野先生身上也看不出什么风啊钟啊之类的影子。所以我可以打赌，他绝不是音乐从业者，甚至连爱好者也不是。

"接下去我就开始排除美术这一块。首先看他的着装，没什么品位，工作日穿来穿去就那一套也就算了，不上班的时候居然还那么穿。"

"仅凭衣服来判断的话是不是——"

"我知道你想说什么。"仓先生若无其事地抢过了话头。

"你想说不换衣服可能是没钱的关系是吧。但我想那家伙恐怕还没到想穿却穿不起的程度。

"比如你今天穿的衣服，应该是量贩店的便宜货吧。即便如此，你也能把它穿出美感来。色彩款式的搭配，这都是很有学问的。你的兴趣是摄影，应该明白这个道理吧。但平野君完全穿不出那个味道来。反正哪天休息你看看他怎么穿的就明白了。哎，完全不是一路人。"

他很夸张地叹了一口气，抬头望望天。

"最后，我想房间的布置或者摆设总能透露出一点信息吧，所以拼命找油画或者雕塑之类带有艺术性的东西。

"结果呢，什么都没有。哦，当然也没有乐器。我只看到一台配置好像很炫酷的电脑以及摆放在电脑旁边的，不知道是不是动漫人物的手办。"

"那他会不会是那种用电脑画插画的人呢？"我问，"或者是设计手办的原型师？"

"这点我也考虑过。"仓先生抱着胳膊摇了摇头。

"但想了想觉得也不是。手办这种东西先不管大众对它的看法如何，起码我看到的那个手办设计上的色感还是很不错的。只是他发现我在看手办后，就连忙解释这是朋友送他的东西。

"这样一来，可以断定他和音乐还有美术毫无关系。我是音乐家，北村小姐你是美术方面的爱好者，玛丽则是超越这两者的女神，而只有平野君，才是这栋公寓三不沾的最大谜团。"

仓先生十分肯定地说，就连没有像他这么八卦（自认为）的我，也被他的这一番推论给勾起了兴趣。

没有节奏感，缺乏审美力，仪容仪态又很差劲，房间里还放着一个普通人看了就会皱眉头的手办；长相虽然挺帅，但身形单薄。我突然很想见见这栋公寓最大的"谜团"——平野先生。

我的好奇心过了数日之后才得以满足。

某个周六，很难得在周末轮到我休息，那天我正好外出回来，胸口挂着相机，手里拎着超市的购物袋，前摇后晃地爬上楼梯。走到拐角处的位置时，碰见一个刚从二楼下来的年轻男性。

从窗口投射进来的光照在他的半边身体上，他肯定就是A号室的平野先生。

他个子挺高的，面色白净、五官端正，多数人会说帅吧，但也有人会觉得不易接近——浓眉和杏眼让人感觉凌厉，只是下半张脸则完全相反，两端下垂的嘴唇和完全没有存在感的下巴，破坏了高冷的感觉。至于身材嘛——肩背单薄，松松垮垮，正如仓先生所说的那样。

至于他的穿衣品位，我觉得仓先生的那番评论有些夸张，但能明白他想表达的意思。紫色T恤和绿色七分裤至少不是一个懂得搭配的人会穿出来的打扮。T恤和裤子都穿得很旧，已经褪色起皱，但还不至于让人觉得邋里邋遢。

于是我就和这样一副打扮的平野先生不期而遇。

"啊，你好。"

我先打破了僵局，然后自报家门："我是B号室的北村。"心想他肯定会接着自我介绍。

"喀。"

等等，你这是回应我，还是嗓子眼不舒服咽口水的声音？反正他就用这样一个含糊不清的发音告诉我听到了，然后微微点了点头。他应该是我认识的人中，最接近有"社交障碍"的人了。

无论是神态还是言语都让我感觉他想马上结束对话，于是我也向他点了点头就走上了楼梯。

站在房间门口我又转过身，看见他仿佛轻松不少的背影慢慢朝出口走去。仓先生说他毫无节奏感，现在我也表示同意，踢踢踏踏的脚步声与优雅二字无缘。

我当天拍下的那卷胶片在相机里放了好几天。以前都是当天拍当天冲洗的，但那天晚上我和许久未见的老同学一起吃饭，第二天又忙于工作，所以就没时间去处理。

到了周三休息的那天晚上，为了晾干已经洗好的胶片，我爬上了放在房间角落的那架梯子。

和中介远山先生来看房子的时候梯子就搁在这里。后来我才知道这是前一个租客的东西。那个租客白天是公务员，晚上则从事前卫艺术创作。他搬走后，清扫公司的工作人员也用梯子来整理房间，现在轮到我用。

我在靠近天花板的地方拉起一根铁丝，一边检查挂在铁丝上晾干的胶片一边问放在桌上的小布熊梵豪：

"那个平野先生到底是因为什么才能住在这里的呢？"

我发现有一张特别喜欢的风景照，在等待胶片上的水分完全蒸发的时候我想起了那天傍晚碰见平野的事。

"仓先生那么肯定他是与音乐和美术毫无关系的人。"

一条一条海带似的胶片，上端用夹子夹在铁丝上，为了让胶片不卷起来，我在每一条的下端都系了一颗玻璃珠以增加重量。所有的胶片被微风一吹随风摇曳，就像店铺门口挂着的帘子。我坐在梯子上，有些出神地说：

"仓先生是音乐方面的专家，他对此有自信也不奇怪，但之后的部分我觉得他说得未必准确。他说平野先生没有审美意识，所以也绝不可能做美术方面的事情。"

之前我就有和小布熊梵豪说话的习惯，但不像现在这样，顶多每天下班回来的时候喊一句"辛苦啦"之类的话，为单身生活增添一点情趣。

现在的心态却有些不一样，突然很想说话。我坐在梯子上盯着胶片，突然忘记自己要说什么了。虽然每次说话的"对象"都是小布熊，但或许我只是想说出来给自己听吧。

我坐在梯子上，后背靠着墙壁，突然发现脸旁的墙上有一个洞。这应该是接空调管道用的，但我不喜欢开空调就没装。洞开在靠近天花板的墙壁上，另一侧应该有一个塑料盖子盖着，看上去就像有一个马克杯镶在墙上，杯口对着我的房间。

"嗯，他应该是一个对穿什么不太讲究的人。"

我继续自言自语。

"看上去就像个宅男，他家里不是还有一个手办吗，应该也是动画片或者游戏里的那种手办吧。真讨厌，会不会没人的时候就和手办说话啊。"

说到这里我突然发现一个问题。

"哎，我一个和小布熊说话的人似乎没资格说他。

"嗯嗯，不过实在看不出平野先生是做销售的，因为他这么腼腆，这么容易害羞啊。"

当这句话说出口的时候，我的耳朵突然接收到一个本不可能听到的声音。

是笑声。不对，不是笑声。是想要笑但没憋住，气流从鼻腔里喷发出来的声音。

那个声音很短暂又急促，但的的确确是从我脑袋旁边——墙壁上那个开着的洞里发出来的。

- 2 -

我像个石膏像似的，就这么一动不动地蹲坐在梯子上面好一会儿。

那种地方怎么会发出人的声音？不可能，不可能——虽然心里这么说，但我的确听到了。最可怕的还不是这个，我能很明确地感觉到洞的那边有个人正在保持沉默，就像打电话的时候对方突然不说话了一样。我也没说话，大气都不敢出一声，只是竖起耳朵听着。

这种状态简直就是煎熬。我实在受不了地大喊道：

"是谁！有人在那边吗？！"

我这一嗓子喊得都破音了，一阵窸窸窣窣的声音又撩动着鼓膜，这次不是人说话的声音，而是呼吸声——而且还夹杂着某种很无奈的叹息。

此时我的屁股明明就贴在梯子的最高一阶上，整个人却有种悬空的感觉。被吓傻了，但恐惧的发条一旦松开，我肯定会狠狠地从梯子上摔下去吧。

"是谁？"

我又亮起嗓门问道。结果刚刚说完，就有个低沉的男声回答：

"我是——"

他的声音又轻又低，再加上说得很快，所以没听清。

"西哈诺？"

听上去他好像是发了这三个音，但反问的时候我自己说了一遍才发觉不是。出声的人刚才好像在说"我是平野"。

"难道是——平野先生？"

从这个洞里能听见 A 号室的声音？不应该啊，我自己都觉得这么问有些奇怪。而且这洞开在房间的左侧，离 A 号室有一大段距离呢。

何况原本我就听不到 A 号室内的响动，无论他在房间里看电视还是打电话我都听不见。两个房间之间隔着一面墙，再加上这么远的一段距离，我又怎么可能就从这么一个小洞里听见那边传过来的低语声？而且那个洞外头还塞着一个塑料盖，更加不可能传声了。

好吧，不管我怎么想，但现在从那个马克杯大小的洞里传出了人声却是事实。

"您说的没错，是我，平野。之前真是失礼了。"

"怎么会……"

"啊，请稍等一下。"

他这么说完后，那种对面有人的感觉中断了片刻，但没过多久又听到了他的声音。

"不好意思，竟然通过这种方式和您说话。不知为什么竟然会从那个洞里听到您的声音。"

我又听到了他的说话声。或许是比较低沉又有些沙哑的关系，总感觉这个声音听上去有些老。但上次遇见平野先生的时候，我觉得他应该比我小或者和我同龄，总之在年龄方面没有超出我的预料。

"您肯定觉得里面是有什么装置吧？您可以查看一下。太大的装置肯定装不下，那就看看有没有像芯片一样的东西。"

我把原本几乎贴墙的身子向后挪了挪，然后盯着孔洞的内侧看了一会儿，接下来又把手伸进去，并拢五指把内侧摸了一圈。

内侧光滑又坚硬，指尖碰到了那个塑料的盖子，没有任何可疑的东西。

"麻烦您再走到阳台上，从外侧再看一下。"

我按他说的，小心翼翼地从梯子上爬下来。虽然有点不甘心就这么按他说的去做，但也的确打算亲自去确认一下。

一走进阳台，就感觉到了夜晚的气息扑面而来。那是柔和的晚风，以及植物和土地混合所组成的味道，外加一丝略带甘甜的凉意，让我意识到从今天开始就是九月了。

我有些慌乱地在墙壁上寻找那个孔，然后终于在窗户的右上方找到了。

普普通通的一个圆洞，上面盖着一个塑料盖，孔洞的四周也没有任何看似可疑的装置。当然也没发现有人从楼顶顺着绳子吊在屋外——根本就不可能有啊。

在走回房间之前，我朝Ａ号室张望了一下。房间里黑咕隆咚的，没看见有人的身影。他墙壁上的管道孔和我这里的一样，也盖着盖子(而且墙上没装室外机，说明Ａ号室也没安装空调)。

"没有发现奇怪的装置吧。"

等我走进房间，那个声音仿佛在等我似的，待我喘了一口气，重新爬上梯子后就又开始问道。

"但是——"我回答道。

"但这就奇怪了，什么都没有的话，你和我现在又是怎么通话的呢？"

我刚才从里到外把那个洞看了个遍，没有任何可以通话的装置，不要说和Ａ号室的平野先生，根本就不可能和任何人进行通话。

"这的确是个问题，不过要回答的话，必须先说明几个问题。"

平野先生说道。虽然声调相同，口吻却要比刚才更加冷静，感觉他接下来的这番说明会很从容。

"那究竟是怎么——"

"首先要说的是我们两人的状态。其实我和北村小姐您一样，此时也正对着Ａ号室墙上那个原本是安装空调管道的洞在说话。但我并不在您隔壁那个房间里。"

这话有点怪啊。但我刚才的确在阳台上确认过，现在Ａ号室里黑乎乎的没有人。

他说他不在房间里我还能理解，但之前为什么又说"此时也正对着Ａ号室墙上"？这话没毛病吗？

"简单地说，我和北村小姐您分属于不同的时间。这样说您明白吗？您那里现在应该是二〇〇四年的九月……"

"一日。"

哎，我接什么茬啊，但今天的确是二〇〇四年的九月一日。准确地说是日本时间晚上九点。全世界大部分地区应该也都是这一天（但日本大抵会更早一些）。

"果然是这一天啊。"对面那位却说出了让人吃惊的话，"您看我们刚好相差了一年的时间。也就是说我这里是二〇〇五年的九月一日。"

"啊？！你说什么？"

我像见了鬼似的喊了一声，但他只说了一句"请稍等"，又像刚才那样不知道跑到哪里去了，大概过了一分钟才回来。

"嗯嗯，是的。现在的我呢，对于北村小姐来说，就是来自未来的人。"

虽然嗓音还很低沉沙哑，但总觉得他这语气有些莫名的自信。

"我想北村小姐您肯定也察觉到了吧。我住的 A 号室和北村小姐您住的 B 号室分别在楼梯的两边，中间还有一段距离，一般情况下是根本听不见对方说话的。

"当然，如果两人都站在阳台上那还有可能，若像现在这样都在室内，扯起嗓子喊的话您大概能听到一点儿声响，可如果只是这样普通的说话声，照理是肯定听不到的。

"但我们现在是在通过一个盖着盖子、安在房间偏角的空调管道安装口进行对话，我没说错吧？"

"嗯，是的。"

"本不可能的事却真的发生了，能够解释这种现象的就只有一种可能性，那就是你我所处的时空发生了交错。具体来说，在这里交错的并非只有空间，还有时间。

"我知道要您马上相信是不可能的。所以我打算拿出证据来，证明我的确身处二〇〇五年。

"想来想去，还是用最简单的方式来证明好了。那就是报纸上的新闻。北村小姐您那里现在是二〇〇四年的九月一日吧，

我现在会把从明天开始，也就是九月二日开始一周之内所发生的新闻标题都告诉您。"

告诉我一周的新闻标题，还是从明天开始算起的一周？我皱了下眉头，那不是预知未来了吗？

"北村小姐请记得核对一下明天的报纸，您家应该……"

未来的平野先生说了一个报纸的名字，我家的确订了这份报纸。

"太好了，和我家的一样，那读起来就方便多了。请拿纸和笔记一下，要记得每天核对一下哦。不光是明天的早新闻，要一周内每天的新闻标题都对得上，您肯定就会相信我了吧。"

就算他言之凿凿，我还是有些犹豫。

如果真像他说的那样，每天每条新闻标题都对上了，那他就真的是未来人（姑且这么称呼吧）。只是这真的有可能吗？

"那一周后我们再说吧。"对方似乎没有察觉到我的疑惑，依旧自信满满地说道。

"就约在一周后的同一时间，也就是周三晚上九点。那时您再在这个洞下面等我可以吗？"

我还从来没和人在这么古怪的地方约会过。

"我打算那时候再向您做进一步的说明。另外有一件事想麻烦您。"

"有事麻烦我？"

"是的，北村小姐。我有一件事，想请一年前的您，也就
是二〇〇四年的北村小姐帮忙。

"不过在此之前，需要您相信我说的话才行。我现在就拿
证据给您看，如果您确认过后相信我了，那时候我再说自己的
请求可以吗？总之不管您答不答应，至少请听我说完可以吗？"

他的语气突然变得恳切起来，这还是第一次听到他的语调
有这么大的波动。

"嗯嗯，好的。"

他都这么说了，我似乎也找不出理由来拒绝。

但我始终不相信他能说对未来一周所有的新闻标题。再怎
么博学的人也做不到吧。

"谢谢您。"

听到我答应后，他的答谢声欢快得就像个有烟酒嗓的孩子。

"接下来虽然有些麻烦，但希望您能按我说的去做。请把
我读的这些内容用笔写下来，然后从明天早上开始，和送到家
里的报纸进行对比。一直到下周的星期三晚上九点，我会等您
来再和您说接下来的事。

"还有件事，也是很重要的一点。我刚刚和您说的这些
千万不要告诉现在住在 A 号室的平野，也就是一年前的我。

"您现在应该没有和他，也就是我聊过天吧。最多也就是
在楼梯间打了个照面，他应该都没有向您好好介绍过自己。"

嗯，他说的没错。

"请您保持这种状态。那时候的我和北村小姐您在这一时期应该是没有交流过的，至少到九月末为止都没有。"

"九月末怎么了？"九月末难道有什么特别的事发生吗？

"哎，这个……要怎么说呢。哎，也没什么大事。他，不对，应该是我性格有些别扭。像我这一类人，如果没有机会，应该连普通的交际都不太会有，这您能理解吧。"

嗯，这我倒能理解。

"总之，以防万一，您千万不能告诉他我和您说过的事情哦。例如'未来的你通过一个空调管道孔和我说话'之类的话。

"二〇〇四年的平野肯定不知道将来会发生这种事。就算他听说了，也只会把北村小姐您当成一个怪人。"

换成我也会啊，我也绝不会把这件事告诉他的。

"好的，请您打开笔记本，要开始记录了。"

我爬下梯子，拿出纸和圆珠笔。他根本就不可能说中的嘛，我写两个字也没什么损失。

"那就开始了，首先是九月二日。"

之后他用了好几分钟，开始一本正经地读报纸上的新闻标题，读完后一条还附上刊登的日期。这期间他又在说了句"抱歉"后，稍微离开了一会儿，除此之外整个过程都很认真，就像一个播音系的学生在完成朗读作业。

现在我俩在做的事情，还真是有够荒诞的。我一边记一边这么想。要不是我们交流的方式的确很"不可思议"（竟然通过空调管道孔说话），仅凭他说的那些话和让我做的这些事来看，这个人的精神肯定不怎么正常。

他让我记录下来的新闻也是杂七杂八的。什么外国突然发生令人震惊的恐怖袭击、日本职业棒球的制度改革，还有经济、地震之类的话题。

全部写完之后，还要按照他的要求从头到尾读一遍。啊，感觉就像在给客人确认计划书。

"很好。您都已经记下来了，接下来请不要忘记核对。"最后他说。

"好嘞，非常顺利，第一阶段就算是成功完成了。"

"第一阶段？"

"是的。北村小姐您愿意听我说话是第一阶段，等到您相信我真的是未来人则是第二阶段。在这之后我有一个请求，如果您答应的话就是第三阶段。最难的一关也就是最终目标。"

我看前两个阶段简直就是一个地一个天啊。我觉得现在记下来的这些信息要能和今后一周的新闻完全对上，除非小猪天上飞。但就不知道平野先生哪来的自信，好像这事已经成功了似的。

"真是太好了。那就'稍等'一下啦。"

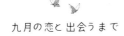

说完这句话之后，说话声以及人的气息又"嗖"的一下消失不见了。只是这次等了半天也没见他回来，这个晚上空调孔那边再也没有传出人的说话声。

到了第二天早上，我依旧没有把他当回事。经过一个睡眠质量很差的夜晚，我像往常那样迷迷糊糊地在六点前起床走到门口，从收件口抽走应该是刚刚派发的报纸。

也就在要打开报纸之前，我突然闭上了眼睛开始设想。假如——假如哦，我翻开报纸开始和"第一天"的笔记内容进行核对，结果所有的新闻标题都对上了，那又该做何解释呢？我觉得这其中肯定有鬼。

昨天隔"孔"谈话事件发生在晚上九点左右，那个时候次日早上的晨报标题应该都已经定下来了，之后就算会突发重大事件，也不得不给之前早已发生的要闻让道。

只要是在报社工作，或者在报社里有关系（平野先生的话，既然他在事务所工作，那应该是后者），在前一天晚上就得知第二天早报的新闻标题也不是不可能。我本来预想顶多是内容大致能对上，结果却是一字一句都工工整整地对上了。

如果真的拿到了原稿，那每句话、每个字都一样也不奇怪。可即便如此，当我在逐字逐句核对发现竟然都能对上的时候，内心还是受到了小小的冲击。

我想不通的是，为了骗我或者耍弄我，有必要这么费劲吗？还有，他告诉我的可是一周的量啊，如果只是为了开个玩笑而花心思、耍手段，应该只让我看"第二天的晨报"就足够了呀。

我搞不明白，也想不通。等到一天工作结束，迷迷糊糊地浅睡了一夜，到了天快亮的时候，就警觉地听见报纸送到门口的声响。

我猛地从被窝里爬起来，有些犹豫地穿过起居室站在门口深吸了一口气，然后从收件口取出报纸。那感觉仿佛是要去看决定自己命运的灵签。

就这样到了周三的晚上。我带着一脸被打败了的表情坐在梯子上。此时梯子所处的位置和上周一样。

自从那天早上抽取"灵签"开始，我就发现这世界仿佛是围绕着我写下的那几页笔记转动的。不管是大洋那头的恐怖袭击，还是相比之下不值一提的日本棒球界的变动，尽在平野先生叙述的新闻标题中有所呈现。

空调孔那头传来的预言竟然一一应验，就连报纸新闻标题特有的语气竟也完全相同。当然，那些大事件不会只出现在每天派发给我的早报上（也就是说报纸本身绝不是造假的产物），无论是在车站还是职场中播放的电视新闻，或者路人的言谈中也都能听到那些事情。

　　每天早上起床后，就要开始接受晨报带给我的"刺激"，所以最近整个人的状态都有点不大对劲。连同事都接二连三地向我提出"你在发什么呆啊？""最近怎么总是迷迷糊糊的？""是不是有喜欢的人了呀？"之类表示关心也兼有八卦的问题。

　　对此（尤其是有关恋爱的提问）我也不知该如何作答，只能目视对方，露出无奈又满心迷惑的表情。这种不清不楚的回答终于让问题跳过解答直接发酵成流言。很快"北村最近失恋了"这种说法开始扩散，乃至添油加醋地变成"他们好像是最近偶然重逢的，两人曾是小学时代的同学"这种八点档情节。

　　不过这个"八点档情节"倒也不是凭空而来。小学六年级的时候的确有一个即将转校的男同学曾对我说过："等我们长大后再遇见的时候，我要在这个镇里最高级的餐厅请你吃饭。"

　　倘若受邀的是一个成年女性，高级餐厅什么的或许挺有吸引力，对孩子来说就有些老成了，但当时那孩子说的时候却很认真。

　　他是春季转学过来的，我们只做了不到一年的同学他就又搬家了。我俩的关系倒也说不上特别好，可能是当时我照顾过他，或者帮过他一些小忙，他为了答谢我才会这么说的。后来我也忘了是什么时候偶然和同事提起过这件事，同事觉得这个承诺"好浪漫啊"，结果就导致她"想多了"。

　　总之，她们私下认定了我已被甩的事实，午间休息时也会有意无意地回避这一类话题。唉，但我也不能把真正的疑虑讲给她们听。被人可怜总好过被人当成脑筋有问题的家伙。

　　就这样一天一天过去了，总算熬到了周三。

　　那天从早上开始天气就很好，但我既不想出去玩，也不想趁天好收拾收拾屋子，只是在家里无所事事地过了大半天。下午我想起还要去拿扩印的照片，这才出门去车站前的冲印店。

　　既然出门了也不想马上回家，结果就晃晃悠悠地进了一家咖啡馆。我找了个位置坐下，很自然地就注意到店里有一个年轻的女孩。那姑娘留着短发，头戴耳机，闭着眼睛在听 CD 机里播放的音乐。她不光在听，上半身还在随音乐微微摇摆，搁在桌上的手指轻轻敲击着桌面。

　　我心中的某根弦似乎被撩拨了一下。她应该是学音乐的大学生吧，看样子她正在完成老师布置的创作作业。

　　我又注意到一件事，听音乐的女孩坐在我左前方靠墙的位置，而坐在我右前方靠窗座位上的人此时正在观察着这个女孩。

　　他和那姑娘一样，也不仅仅是在观察。他面前的桌上放着一个不大的素描本，而他专注的视线则在女孩的面孔和素描本上反复来回。应该是在给那个女孩画素描吧。画家顶着一头斑白的蓬发，鼻梁上架着黑框眼镜——哎？这不是"戈多之家"的房东，画家权藤老先生吗？

整家咖啡馆大约有一半的座位上有人。结伴而来的就在聊天，独自一人的要么看书要么操作电脑，都专注于自己的事。而我和房东以及那个当模特的女孩，三人的方位则构成了一个正三角形，仿佛有一根看不见的线将我们连接在一起。

三角中的"两角"都在看那个闭眼听音乐的女孩，挥笔作画的房东则在我的视线之内，只有我没人注意。就在我这样想时，女孩似乎想到了什么事，急匆匆地走出了咖啡馆。房东则合上了素描本径直朝我的座位走来。

"平时给您添麻烦了。"

我见状急忙起身打招呼，房东摆摆手让我不必客气。

"你是住在二楼 B 号室的……北村小姐是吧？"

房东不慌不忙地在我对面的位置坐下，拿起他之前点的饮料喝了一口。

"是喜欢拍照的那位北村小姐吧。"

"是的，那个……"

"之前可能已经问过你，不知道你拍的都是怎样的照片呢？"

我不知道他为什么又问一遍，就把手头刚刚扩印好的几张照片给他看。这几张都是我精挑细选，特别有感觉的作品。

"哦，不错不错。"

虽然听上去"不错"只是客套话，但也不像在敷衍，这让我安心了一些。

看完了我的照片，房东便把刚才女孩的素描递给我看。闭着眼睛的女孩周身飘散着一种天使或是佛像一般的宁静，但她脸颊柔和的线条所传达出的情绪又让这幅画像回归到人像的本位。仅凭一支铅笔就能展现出如此高超的技法，我仿佛能听见画像中的女孩正在演奏一架透明钢琴所发出的乐音。

"画得太好了。"

我发出由衷的赞叹（也只能赞叹了，要评价似乎还不够格）。

"哈哈，我这么大年纪也没别的长处，就好画两笔。"

房东合上素描本，开始聊起自己的事。他生于斯长于斯，就连和妻子相识也是在本地。据房东说他父亲是本地的大地主，当初自己执意要和双亲过世且家境贫寒的妻子结婚时镇里的人议论纷纷。

"真是个了不起的女人啊。虽然已经去世很长时间了，但我还是时常会想起她。"

如同在寒日里喝下了热饮一般，房东的脸上洋溢出幸福的笑容。

"我有时候会想，她会不会是一个魔法师。"

"魔法师？"

"很久以前，我记得我还是愣小子的时候，住在附近的人想要挖一口公用的水井。当时还是小姑娘的内人好像选了一个谁也没想到的地方，然后说："在这儿挖就行。"她的父亲就按女儿说的去挖。"

"挖出水了吗？"

"挖出来了，而且水量还不少呢。"房东高兴地点头说道。

"北村小姐你们现在住的那座公寓，当初建造的时候也是内人说要造成那个样子的。你一定觉得房子的地基和地块没有对齐很奇怪吧。"

"是哦。"

"那其实也是内人建议的。她说这样造的话，肯定有利于通风。"

这样一说，房东太太的确拥有她独到的"魔力"。

"这么了不起的女人，我这个当丈夫的却没能替她做什么。就连她最喜欢的猫也养不了，因为我有哮喘，对动物的皮屑过敏。

"我也是爱猫之人，对于画画的人来说，猫是极好的模特，但有这病真是没办法。"

他们夫妇二人还有一个独子。魔法师太太和画家先生的孩子似乎没有继承他们的气质，是一个为人谨慎、做事一板一眼的人，好像在做公务员还是别的什么。房东的儿媳很早就病逝了，几年前他儿子也不幸因事故离世。去世前，房东的儿子一直和自己儿子一起生活。两人经常搬家，几乎把日本各地区都住了个遍。

"每次搬家，有两件事很重要。"房东说。

"首先一定挑在这个镇上最有年头的商店街旁边住，其次就是要带孙子去一次——通常也只有一次——镇上最高级的餐厅吃饭。这应该是我儿子在用他自己的方式，让他的孩子能喜欢上新家。"

听到这里，我突然想到，"这个镇上最高级的餐厅"这种不像小孩能说出的话，不就是那个约定和我再见时要请我吃饭的转校生说过的吗？不过后来我们也没能再见。

"我的孙子这几年因为工作被派到海外去了。他应该和你差不多大。"

对，我想起来了，那孩子也姓权藤。

他是小学六年级春季时转过来的，结果没等到小学毕业就搬走了。临走的时候他对我说："等我们长大后再遇见的时候，我要在这个镇里最高级的餐厅请你吃饭。"回想起来，我对他也不是特别关照。只是有时会捡到他下课和男同学疯玩时被扯掉的上衣纽扣，刚好我有随身带缝纫包的习惯，就随手帮他补好了。我记得他要转学前的最后一天，午休时站在讲台前和大家告别的时候，上衣的扣子还少了一颗，看着挺可怜的。

我把想到的事告诉了房东，他嘿嘿一笑抬起眉毛，说他儿子以前的确在我出生的小镇工作过一段时间，但忘了具体是哪一年。

"真一那时候在读小学没错，但是不是刚好在读六年级就不清楚了。啊呀呀，因为那段时间搬家的次数实在是太多了。"

房东先生不确定那时他孙子是不是就正好住在我老家那个小镇，而我呢，也想不起来那位"权藤同学"是不是就叫真一。长相什么的就更记不得了，只大致记得他是个话不多、不太容易接近的男生。

想了半天也只是说有可能是同一个人。这个话题至此结束。

"对了，房间还住得习惯吗？"

房东换了一个话题，我也把心思从小学的回忆拉回到这段时间一直困扰着我的那个问题上。

"那个……"

"有什么问题吗？"

"没什么，房间挺好的。"

我有一瞬间想把有关那个声音的事告诉房东。

"隔壁房间的声音……"

"根本听不到是吧？"房东自信满满地说。

"就算是酒店，隔着一堵墙也能听见隔壁电视机的声音，但我这间公寓的设计则完全杜绝了这种情况的产生。"

还是别说了，他应该不会相信的。

"说起隔壁房间。"我也调换了话题，"A号室的平野先生——"

空调孔那头的声音让我"不要和一年前的他说话"，但那之后我也根本没机会碰见平野先生。

"那个小伙子怎么了？"

"我是想问，他究竟是凭借怎样的特长入住这间公寓的呢？"

我想了想，还是把仓先生那个想不通的问题拿出来说吧。

"简单地说，我也看不出他在从事什么和艺术有关的工作。我这么说可能狂妄了一些，但一楼的仓先生也是这么……"

"啊哈，他也是这么觉得的吗？"

房东做了一个外国人经常做的耸肩动作。

"他和你们一样，都是中介介绍过来的。之前住的地方也有难以解决的矛盾，最后不得不搬走。

"我见过他后，觉得他是个不错的小伙子，就把房子租给他了，想帮帮他的忙，仅此而已。以前我的确说过，希望这栋公寓的住客多少都能和艺术有些联系，但也请别想过头了，这不是入住的必需条件。"

之后房东轻巧地抬了抬手向我告别。我注视着他离去的身影，心里在想：我才不相信呢。

我很清楚地记得第一次拜访公寓时"面试"的场景。当时

他看着我的脸，问我的兴趣是什么，好像很期待。当听说我的兴趣不仅仅是拍照，还会自己在家冲印时，马上露出满意的笑容。

仓先生也说过，成为"戈多之家"的住客，多少要有一些"艺术气质"。这个气质到底是什么也没有一个标准。仪容仪态、外形打扮可以在这个标准上加分，但即便是像祖父江小姐那样的美女，也需要一个"如艺术家一般的手术技术"来作为艺术气质的名头。

像我这种极其平凡的人，街拍的爱好加上在家冲印的习惯或许够格入住，但还是需要猫咪来助一把力。这也是刚刚和房东聊天的时候我才想明白的。中介远山先生带我来看房子的时候执意要带上猫果然另有目的。他喜欢猫，偶尔带着自己的猫去给也喜欢猫却不能养猫的房东先生撸两把，既能促成自己的生意，也能让老人开心，何乐而不为呢。这样一来，原本我只是不以艺术谋生的"乙种"房客，但借助猫咪的小爪，租房就能十拿九稳了。

话说回来，相貌平平，谈不上英俊，工作也只是个普普通通的小职员的平野先生，仅仅是因为之前的住处有麻烦，房东先生就伸出援手，让他成为租客，这个理由我是不会相信的。

肯定有什么事情我们不知道。平野先生究竟有什么特殊的地方，而房东先生又为什么不愿意告诉别人呢？

周三晚上快到九点的时候，我坐在前任租客留下的那架梯子上，仿佛飘浮在半空，又仿佛身处于一个不存在的空间里。此时我的耳边传来了说话声。

"喂喂，您在吗？"

就是上周那个声音，感觉比之前还要响。

"在。"

"太好了。您核对过了吧？结果怎么样？"

对方开门见山地询问我结果。

"都和我说的一样吧？"

我没有马上回答他。于是他又说：

"您不否定的话我就当作肯定啦。不可能对不上的。我一开始就知道会有这个结果。"

他的嗓音依旧低沉沙哑，毫无疑问和上周是同一个人，并且比上周更加自信。

"您看我说的没错吧。不光是第二天，之后一周的新闻我都说对了。这样的话，您应该相信我是在未来和您说话了吧？"

"或许是吧。"

"好的。那我上次也说过，请您务必要答应——"

"等下。"我急忙打断他。

"怎么了？"

"如果你真的是未来人——"

"不是'如果'，我想您已经相信我是未来人了吧。"

"是的。"

现在能够明确的是，他的确"知道未来发生的事"。有可能是未来人，也有可能是预言者。这两个身份让我选一个的话，我宁可选未来人，感觉没那么吓人，充其量只是个普通人，只是刚好生活在未来而已。

"那我们究竟是通过什么方式在这里通话的呢？"

"嗯，这个问题老实说我也不清楚。只是上周的周三，我突然发现，二〇〇五年Ａ号室墙上的洞，刚好能和二〇〇四年北村小姐您面前的洞相连。"

这么说来平野先生的房间里也有梯子？他又是为什么要坐在梯子上？

"相连的意思是听见我的声音了吗？"

我的说话声通过空调管道孔传到他那里会不会听起来怪怪的？

"呃，然后你就一直在听我屋子里的动静是吗？"

"是的。后来我就想，那应该可以和一年前的北村小姐说话了。"他承认了。

"啊？就这么简单？这可是超自然现象哎。"

"哎，怎么说呢，既然是已经发生的事了，我也只能接受。"他继续说。

"二○○五年这个房间的空调孔竟然和二○○四年那个房间的空调孔相连，这是在时间和空间上的双重交错。我一个外行人是这么想的。

"您听听我说得对不对。准确地说，地球的公转周期并不是三百六十五天，所以今年的今天和明年的同月同日，其实与太阳的相对位置会有稍许偏差。而这个位置上的偏差，刚好与这栋公寓两个房间之间的距离一致。这可以算是天文学上一个偶然事件。"

为什么感觉是在胡说八道，但听上去好像挺有道理，我一时之间还找不出话来反驳。

"当然我说得也不一定正确。但总之两个孔洞通过四次元连通了，这是既存事实，您也同意这一点吧？"

"四次元？"

"这个词您应该听过吧。您看我们所处的空间是三次元空间，也就是由长、宽、高三个维度构成的空间。四次元要比三次元多一个维度，那就是'时间'。"

"哦——"

"我这样说，您大概会觉得长宽高这三个维度和时间这一维度相比，是完全不一样的存在吧。"

他这句话倒正好命中我脑袋里在想的事。

"我们人类能够在空间中自由移动，前后左右、上上下下，要跑要跳也都没问题。但时间却是单方向的流动，我们只能身在其中，顺流而行——应该说以我们人类的能力，目前也只能如此。

"或许我们在时间中也能像在空间中一样自由移动。您觉得不可能是吧？因为我们没有这样的能力。蚯蚓或者地鳖永远也无法理解'高'这个概念，因为它们永远都在地上爬。我们人类也一样，这种思维可以说是自古有之——啊，不好意思。"

和上次一样，他又短暂地消失了一会儿，大概过了一分钟才回来。

"真是太不好意思了。刚才我们说到哪儿了？"

"那个——"

"嗯？"

"其实我一直想问来着，像刚才那种情况是怎么回事？你经常说话说到一半会不见了。"

"非常抱歉，这也是没办法的事。你我房间是通过四次元相连的，但这种连接不太稳定。"

总觉得他在胡说八道，刚才突然抛出什么四次元理论就已经够呛了，现在又说连接不稳定。

"这个问题先放一边。"他大概也察觉到我有些混乱，"您现在应该相信我是在未来和您说话的吧，毕竟您每天早上也核对过新闻了。"

"是的。"

好吧，再怎么不相信，这点我也无法否认。

"那就根据我们之前的约定，我是不是可以提出一个请求？"

"一年后的平野先生对现在的我提出请求吗？"

"您说得没错。上次我也提过，会对二○○四年九月的北村小姐提出一个请求。

"那接下来我就要说我的请求了。可以吗？"

"请说吧。"

除了"请说"之外，我似乎也没有别的选择了。我将这两个字通过语音注入墙上这小小的空间，随后这短暂的语音会在另一个时空中被人接收到——就是这么简单，但也非常神奇。

对方的声音也会以同样不可思议的方式穿越时空震动我的鼓膜。

"我听说北村小姐的兴趣是摄影，那应该经常会在外走动，到处走走看看对您来说也不是一件难事吧？"

"啊？这个倒也……"

"太好了，我就知道。那请您帮我跟踪一个人吧！"

"跟踪？"

我吓得挺直了身子，万万没想到他会让我去做这种事。

"是的是的，我想您帮我去跟踪那个男人。他和您一样现在生活在二〇〇四年，从某种意义上来说，他是一个我无法触及的男人。"

"等一下，跟踪这种事——"

"拜托了，之前您就答应听我说完的，做人说话要算数哦。"

拜托，明明差不多年纪，你居然开始教我做人了。

"您肯定在想：'我既不是警察又不是侦探，让我一个女孩子去跟踪一个男人没问题吗？'

"我明白您的担忧，但这绝对没问题的。对方绝对不会伤害您，也不会给您造成困扰。我可以百分之百保证。"

"为什么这么肯定？"

"答案很简单啊。因为我请您跟踪的对象就是我啊。"

"什么？"我没搞明白。

"不是现在和您说话的我，而是和北村小姐您一样身在二〇〇四年的另一个我，也就是过去的我。

"他现在应该就在您隔壁的 A 号室，中间隔着一条过道。他叫平野进，前进的进。"

"呃……"

"他是个人畜无害的男人。我自己评价自己肯定没有错的啦。"

他无视我满脑的混乱，自顾自地继续往下说：

"假设，是假设哦，您跟踪的时候被发现了——当然我是希望您在跟踪的时候尽量不被发现，但也不能排除有这种可能性。万一运气不好被发现了，那个人也绝对不会对北村小姐您使用暴力的。

"这点北村小姐您也同意吧。之前你们也见过，他是不是给人这种感觉？"

好像也是，说他人畜无害也好，没有攻击性也好，我还从来没见过像他那样和"暴力行为"无缘的人。

但我又注意到一点。那时碰见的平野先生，他怯生生的样子和如今在空调孔四次元对面这位感觉和我差不多大，一说话就停不下来，丝毫不怕生的男人还真是不一样。

"您很奇怪吧，为什么我会请求您跟踪我自己？"

对面的声音依旧带着满满自信和丝丝兴奋开始继续往下说。

"这和我目前的处境有关。现在的我陷入了一个相当麻烦的困境之中。跟踪这件事就是为了让我摆脱困境所必须要做的。

"我知道要怎么做才能帮到自己，只是要让我回到过去跟踪自己，我却做不到。

"所以我才想到要利用这次偶然的机会。既然老天能让我和过去的北村小姐说上话，我为什么不趁此良机来解决问题呢？就是这么一回事。"

"但是我——"

"当然当然，不会让您每天都去跟踪的，请放心。"

我还没答应呢，谁说每天了？！

"每周一次，每周的周三就行。北村小姐您的工作是周三休息吧？"

"嗯嗯，是的——"

"只要周三那天就行——拜托您了！请每周三去跟踪一年前的我吧。这就是我的请求。

"从他早上上班开始跟踪，然后跟着他跑外勤。那些他去过的地方，请用您拿手的摄影技术记录下来。"

"还要拍照？"

"是的。哎，我的运气真好啊。"

他似乎不打算直接回答我的问题。

"正因为您有这样的爱好，我才能向您求助。您看我们是一栋公寓左右两室的邻居，您喜欢拍照，而且又是个做事认真靠谱的人。"

"这些事你怎么知道的？"我不禁问道。

"您是说'做事认真靠谱'这部分吗？"

"呃，是的。我和平野先生连话都没有怎么——"

"不不不，您现在是二〇〇四年九月的北村小姐，当时的我的确和您没怎么说过话。"

"难道二〇〇五年的平野先生就不是这样了吗？"

"啊呀，这个事情，一下子还说不清。"

我就知道他会这么说。

"其实现在在和北村小姐说话的我，以及一年前的我，两个人虽然是同一个人，但又不是一个人。

"多活了一年的我，知道很多过去的我所不知道的事。比如这个四次元空调孔的秘密，以及拜托北村小姐跟踪他的事情。总之这些不同寻常的事，二〇〇四年的平野一概不知。其实现在的他活得挺轻松的。

"所以为了加以区分，是不是给我取个别的名字比较好？"

"别的名字？"

"是的，对于北村小姐您来说，平野先生指的是和您处于同一时间轴，也就是二〇〇四年时住在 A 号室的那个男人。

"所以为了避免混淆，还是给我取个别名吧。我想想，不如就叫'西哈诺'怎么样？"

"西哈诺？"

"对，上周北村小姐一开始就是这么叫我的。我们第一次说话的时候。"

对，当时他说话说得很快，我没有听清，脱口而出就问："是西哈诺先生吗？"

"错用不如巧用。既然读法和做姓氏的平野很像，那就拿来用吧。而且听上去是不是挺文艺的？我记得有本法国小说还是电影来着，原名就叫 *Cyrano de Bergerac* ❶。"

小说的话我没有看过，但改编的电影《大鼻子情圣》倒是知道一点。

"那就这么定了哦。我，也就是西哈诺，拜托北村小姐跟踪平野的请求就此达成。在此期间需要注意的是——"

"喂！等一下！"我连忙打断他，"我可还没想好呢。"

"啊，是这样吗？"

"是的。"

"那真是太失望了。您的意思是不相信我说的吗？所以我的请求也不会答应？"

"也不是说不相信。"

"这件事非常重要哦。真的是非常非常重要。"

"就算你这么说，首先这件事——"

你说了半天非常重要，但到底是什么事情那么重要呢？你不说明白我怎么能答应呢。

"难道您在意的是跟踪这件事？"

还没听我说完呢，他又开始妄加揣度了。

"北村小姐您这样正直的人，肯定觉得跟踪尾随什么的，是侵犯他人隐私的不好的事吧。

---

❶ 译为《西哈诺》，法国剧作家罗斯丹创作的五幕戏剧。1990 年改编为电影《大鼻子情圣》，由让－保罗·拉佩诺导演，热拉尔·德帕迪约主演。

　　"但现在这个情况比较特殊。委托人和被跟踪的人是同一个人，他们只是不在同一个时空而已。您看，这和随意偷窥他人隐私完全不是一个概念。"

　　"你说得或许没错。等等，我怎么感觉被你带歪了——"

　　就算委托人是未来的自己，但站在二〇〇四年的平野先生的角度来看，这依旧是"随意偷窥他人隐私"的行为啊。

　　"总之，如果你不说清楚的话，"我发难了，"我很难答应你的要求。为什么必须跟踪他？你说你碰到了麻烦，这两者之间又有什么关系呢？

　　"你只说是一个很严重又很棘手的困境，我很难仅仅因为这样的理由来帮助你。"

　　"好吧。您说得没错，那么——"

　　我以为他（西哈诺）是要透露问题的核心了。谁知——

　　"那您就先跟踪一次。能否就先尝试一次呢？"

　　他还是把我的这一记"直拳"给回避了。

　　"我能理解北村小姐的想法，但是我也有我的苦衷。如果一开始我就把事情都对您说得明明白白，然后再提出请求，结果很有可能是遭到您的拒绝。

　　"所以我才想了这么一个办法。先让您核对一周的新闻，然后根据这一点，才让您相信我们能够跨时空交谈是一个真正的奇迹。既然奇迹都发生了，那您为什么又不愿意为此再进行一次尝试呢？"

"这个……"

"下周三，请您白天跟踪平野。到了晚上九点，我们再像现在这样谈话。

"到时候希望您能告诉我跟踪的情况，届时我也会进行相关的说明。您看怎么样？如果可以的话就太感谢您了！发自内心的感谢！"

最后那两声感谢，穿过连通四次元的空调孔钻进我的左右耳道，响彻我的脑海。

他这恳切的言语，还真稍稍勾起了我的好奇心（我也想知道）。

"好吧，只跟踪一次哦。"我这样说。

"嗯嗯，那就'先'跟踪一次。拜托您了。"

我明明说的是"只"啊，怎么到了他嘴里变成"先"了呢。西哈诺做了一个微妙的修正。

"之后的事情，等到下周交谈的时候再商量吧。但还是要先谢谢您，您是我的恩人。不好意思。"

呃，又来了。沉默了几分钟过后。

"那接下来，有关平野的跟踪事宜，这里我就说几个需要注意的点，麻烦您记一下。"

这次回来后，他刚才那种高昂激动的腔调已经不见了，变得像服务窗口的业务员一样公式化。

"他大概早上七点四十五分出门上班，差不多到点的时候您仔细听，就能听到他出门时的动静。等他出门后，就劳烦北村小姐您紧随其后，一直跟着他到达位于西新宿商业中心的公司。"

三言两语倒是简单明了，仿佛在给游客介绍行程。之后他又告诉我平野先生就职的公司名称。

"正式开始上班是上午九点，之后至少有二十分钟他会在公司内准备。这段时间就麻烦您在楼下稍做等待。还好高温天已经过去，我想您不会等得太辛苦。

"之后才正式开始，他会离开公司走访客户。至于会去哪家就没个准了，所以请不要跟丢。然后，把他去过的地方都拍一张照片。"

"这是要留存当作什么证据吗？"

"嗯，嗯，差不多吧。和数码相机相比，这时候果然还是北村小姐您这种胶片相机比较好用啊。

"数码相机的话，后期便于加工，现在的人都不太信任。而胶片相机拍摄的照片上，如果有时间和日期的证明的话，就是比任何东西都要好的证据。"

我想问他这是要为什么事情准备证据，但恐怕又会被他给敷衍过去，还是算了吧。

"到这里我就没什么要说的了。为了行动能够顺利进行，也请北村小姐做些准备，不要引起平野的注意。

"当然不需要您去乔装打扮，只要服饰、发型、打扮和平时不一样就可以了。拍照只要在远处就行。您有拍远景的长焦镜头吗？"

"135mm的远摄定焦镜头可以吗？"

"可以，那就请带上吧。为了不被他发现，请您和他保持十五至二十米、就算说话也不会被他听到的距离。当然，前提是不要跟丢了。

"他拜访客户要么去对方公司，要么约好在附近的咖啡馆碰面。两种情况五五开吧。如果去公司的话，麻烦您就在公司附近等一下；如果去咖啡馆，就请北村小姐也跟着进店，顺便休息一下。

"像这样请一直跟到下午五点半左右。五点后天色就暗了，那时候恐怕不太方便拍照，所以五点后不管平野到哪里去做什么，您都不用管直接回家吧。

"不过在五点之前，您如果在跟踪途中跟丢了的话，请尽最大努力把他找到，可以吗？

"请准备一双方便走路的鞋子，买好公交月票。午餐照理来说应该没有太大问题，但最好还是准备一些能果腹的小点心放在包里。我想说的基本上就这些了。"

怎么听上去像老师在叮嘱第二天要去远足的小学生。

"哦，还有，在跟踪以外的场合，比如在公寓过道或者这附近，如果您碰见了平野，也只要和他点点头、打个招呼就可以了。就算视而不见，擦肩而过也没关系。因为你们谈话的机会越多，他就会越熟悉您，跟踪的时候您也更容易被他发现。"

等等，听他这么说是打算让我长期跟踪了。

"到了当天晚上九点，请您在这个洞前向我报告白天的经过。您觉得这样可以吗？"

不可以，注意事项也太多太烦了吧。但话刚到嘴边——

"谢谢，真的谢谢您。"

他还没等我同意呢，又开始表示由衷的感谢，好像我肯帮助已经让他安心不少。哎，这样一来我也没法拒绝了。

"那么，就该和您说晚安了——不对，我忘了还有功课没布置。"

"功课？"

"就是核对新闻标题。从明天开始一周的内容。我会把报纸上新闻的标题告诉您，请找个本子记一下。"

"但已经没有必要——"

"嗯，我很高兴北村小姐能相信我身处未来，只是怕日后您可能会产生我是不是'要了什么花招'的疑虑。为了让您放心，这门功课是必不可少的。"

在西哈诺再三要求下，我只能又拿出纸笔记录。

和上周一样，他说了几条新闻的标题。有名的政治家收受贿赂，某国开发核武引来争端。在他说完后，还要我复述一遍。

"那就下周三晚上九点再见，白天就要麻烦您了。"

"嗯嗯。"

"谢谢您，晚安。"

听到他向我告别的声音，我的后脑和背脊突然泛起一种舒适的感觉。

在我听来，他那低沉沙哑的声音就像母亲对孩子那么温柔，而那种感觉仿佛沿着脊髓和脑干向整个上半身扩散开来，温暖舒心，原本的不耐烦也因此消散了不少。

"你也晚安哦。"

我对他的告别声仿佛随着他消失的气息一起被吸入了异次元。我注视着那孔洞大约有一分钟的时间，那里不再有人说话了。

- 3 -

　　我就像枚书签似的，半个脑袋夹在大门和门框之间，微微探出门口，查看外面的情形。

　　我这不是要偷偷潜入某处，只是想从房间里出来。听见那毫无节奏感的脚步声似乎到达了一楼后，我急忙锁好门下了楼，走到天色半阴半晴的屋外。

　　现在是隔"孔"谈话后的第二个周三，九月十五日的早晨。我比平时上班的时间早了三十分钟出门。通往车站的道路上都是匆忙的上班族，我还怕这么多人里会找不到平野先生，结果发现是多虑了，他那单薄的背影分外显眼（难道是走姿难看的关系？），根本不用担心会跟丢。再加上被固定睡姿挤压出来的别致发型，在一片乌压压的人头里也极易分辨。

　　到车站后我刷了月票穿过检票口，走向前往新宿方向的站台。等电车驶入站台，我毫不犹豫地跳进车厢。

　　列车缓缓行驶，我用抓着车厢吊环的那只手揉了揉头皮。

特意准备的发夹扯得头皮很疼——西哈诺嘱咐过我（要和平时不一样），所以我才把头发盘在脑后，用一根发夹固定。至于服装，我从衣柜里翻出一件比较正式的淡紫色衬衫和一条黑色的裙子。平时上班的时候我会穿得比较休闲，到了公司后再换上工作时的制服。

电车到达新宿站后，人潮涌入站台。我的视线死死地盯着平野先生的背影。虽然他那个睡觉时压出来的发型极易辨认，但在这种场合下还是有跟丢的可能。

跟丢了可就麻烦了——我可不知道他在哪里上班。西哈诺只告诉我公司的名称和大致在哪条路上，可后来我一查发现同一家公司在西新宿居然有两家分社。

出了地铁站西口，路过站前派出所，走在前往西新宿商业中心的小道上。擦肩而过的路人引起了我的注意，或许是他们的服饰打扮和行走速度的关系，感觉要比我上班时遇到的人高端一些。

走出小道来到大街上，四周顿时变得明亮，这让我稍稍有些诧异。天色没有变，但心情要晴朗不少。仿佛刚刚撕开贴膜的天空下，耸立着一幢幢高楼。

对于乡下出生在东京上大学的我来说，来这个地方还是此生第三次。第一次是和学生时代的前任约会，第二次则是为了找工作来公司面试。

两次经历的过程都是由期待变为失望。这个地方带给我的只有酸楚的回忆，但我并不讨厌这里的风景。尤其是其中有几栋看上去比较老旧的大楼非常上镜，刚刚发现时的高兴劲儿就像孩子得到了心仪的玩具那么单纯。再往前走一段路就是都厅，虽然二十世纪九十年代才落成，不知道为什么却像一栋宗教遗迹似的看上去让人很不舒服。

平野先生快步走向他上班的那栋大楼。我从挎包里拿出相机，等他走进大楼正门扭头的时候我迅速拍下了他的背影和侧脸。

之后是待机时间，因为我没办法跟着他进公司。现在离九点还差个几分钟，西哈诺说他九点开始正式上班，大概会在公司里逗留二十分钟左右，然后开始跑外勤。

这样就还有点时间。根据西哈诺的指示，要拍几张"能够证明日期"的照片，我便在大楼附近转悠寻找对象。银行或者证券公司的店门口一般都会挂着 LED 显示屏，那上面会有时间显示，我随手拍了几张，然后回到平野先生工作的大楼附近。

幸好这栋大楼的一楼有几家餐饮店和咖啡吧。店门外放置着餐桌和椅子，有人坐在那里打发时间或者就餐，看上去不会显得突兀。我找了个位置坐下开始思考。

西哈诺这家伙——他真的是一年后的平野先生吗？说实在的，我总有种模糊的违和感。我印象中的平野先生的气质，感觉和那个低沉嘶哑的声音的性格相差太多了。

但他能清楚说出平野先生的上班时间甚至工作状况，这样看应该就是本人。那会不会是别人偶尔听到的呢？这样的话就不会是公寓之外的人，只有同样住在这栋公寓的人才有机会获得这些信息。

另外，公寓一楼的两个房间，也就是祖父江小姐的 A 号室和仓先生的 B 号室的墙壁上都有为安装空调管道预留的孔洞。这是我之前散步时顺道去后院确认过的。

他们房间的空调室外机安放在阳台上，与室外机相接的白色软管延伸至窗户的上方，插进了墙上的洞里。倘若站在室内看，那个洞的位置应该接近天花板。软管与孔洞的间隙被白色的防水黏土填满了。

大概过了十几分钟，我突然回过神去看大楼的正门。

几乎是目不转睛、一动不动地盯着门口，过了一会儿，平野先生终于快步从楼里走出来了。他这时挎着一个没见过的黑色公文包。

我刚才还在担心如果看漏了，或者他从后门走了要怎么办（这栋大楼肯定有别的出入口）。现在发现他又出现了，就像在商场里找回走丢的孩子似的松了一口气。真是的，这个长得帅却看着不靠谱，个子高但站没站相的家伙还真是让人操心呢。我等他走远了，便急忙跟在他的身后。

去新宿站的话就要往左走，往右走则是地铁的入口，这站是都营大江户线的都厅前站。他的目标是饭田桥·两国的站台。刚走下站台，地铁就来了。我俩一前一后地上了地铁。

不知道是因为身处地下远离了喧闹，还是因为这条线路新建不久，连车厢都很新的缘故，大江户线这条地铁线路让人觉得分外清静。早高峰已经结束，乘客三三两两地散坐在车厢中，我也不担心会跟丢，反倒是他会注意到我的可能性比较高。

只是，我觉得他应该不会注意到我。为什么呢？看他那副样子就知道了。他的视线直愣愣地固定在正上方串联拉环的银色铁杆上，双唇微张，时不时地动一下，仿佛在自言自语说一些只有自己能听见的话。

人畜无害的平野先生在地铁即将抵达第六站——饭田桥的时候起身走到门旁，我也连忙站起来准备下车。

他刚走出车站就停下脚步，拿起手机开始打电话。我穿过马路走到他对面的街道上，以车站为背景拍了一张他的照片。

只见他表情严肃，说话的时候还频频鞠躬，看样子是在和接下来要见面的客户通话。打完电话他就走进了最近的一栋综合大楼。我抓取他进门的一刹那和大楼入口处的招牌一起拍了下来。

路上都是匆匆而过的商界精英，还好他们都没注意到我——一个 OL 打扮的女人躲在电线杆的背阴处，拿着单反相

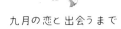

机偷偷摸摸地拍照。

拍完照我才发觉和步行跟踪相比，像这样干等才是最难熬的。我像个哨兵似的紧盯着大楼门口，苦苦等了四十分钟左右才看到平野先生出来，然后又往车站走去。

这次他没有搭乘大江户线，而是选择了过去为都营，今年春季改为私营的"TOKYO METRO（东京地下铁）"的东西线。之后他在这条线的终点站九段下站下车，换乘半藏门线，最后又在终点神保町站下车。

在这里发生了一件奇怪的事。此处街道两边的商家多为书店和体育用品店，平野先生就站在路上打电话。一名女性牵着一条狗从他身边路过。但走到他跟前的小狗不知为何停下脚步，抬起脑袋津津有味地注视着平野先生的脸。

那条狗的品种嘛，我说不上来。四条腿就像斑点狗一样细长，但身上没有黑色的斑点，皮毛是茶色的，体型似乎也要比斑点狗小一些。这条各方面看起来都很优秀的名犬突然躺倒，还把头枕在平野先生的鞋面上。

或许是第一次看见这种场面，狗的主人（一位打扮入时的主妇）显然也大惊失色。她连忙向平野先生道歉，并且呵斥自己的狗。那条狗却一脸无所谓地继续躺着。

表面上是招狗喜欢，实际却更像是被狗欺负的平野先生，一边对道歉的主人点头示意，一边耐心地和客户通电话。

这个场景虽然离我只有十米左右的距离，但我没拍下来。因为我觉得他这样子有点可怜。何况西哈诺只让我"拍他去过的地方"。

好不容易等狗主人把狗给牵走了，平野先生也移步进了附近的一家饮品店。我也进了那家店，找了一个在门旁离他有点距离的位置坐下。

过了一会儿，来了两个男人，应该就是平野先生之前联系的客户。他们三人坐在同一桌，简单寒暄过后便开始讨论工作。这部分我是没必要再紧盯了，而且我的位置就在店门口，他们要离开势必会经过我跟前，我也不用担心会看丢。于是我就点了杯冰茶顺便喘口气。刚才那只狗狗是男生还是女生呢？我突然想到了这个问题。

如果是男生，那摆明了就是在欺负平野先生；如果是女生的话，或许是在示好，但应该是把他当成自己的同类了。无论哪一种情况，平野先生都好可怜。

三人聊了差不多一小时才结束。出了店，平野先生爬上坡往御茶水方向走去，途中在一家咖啡馆吃了午饭，我则在同一家店的角落里点了简餐。

到了御茶水站附近，或许是刚吃过午饭的关系，他眺望着神田川发了一会儿呆，然后过桥走进对岸的一座大楼里开始新一轮的拜访。结束后则搭乘东京地下铁丸之内线去大手町，然

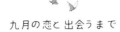

后换东西线往日本桥方向移动继续拜访。这轮结束后，他步行到东京站，搭乘JR中央线回到新宿的时候已经过了下午四点。

看到平野先生回到自家公司的大楼后，我决定等到和西哈诺约好的时间，也就是下午五点后再离开。差不多还有半个多小时，于是我点了一杯咖啡，休息下。

累死了。从来没有一天走这么多的路，站起来感觉两条腿硬邦邦的，肩膀和后背就像被胶水粘住了似的伸展不开。

我这一天说是搜集了平野先生的行动证据，但这些证据究竟能证明什么，西哈诺却没有告诉我。我也不知道拍这些照片到底有什么用。而且拍好的照片，他还让我冲印出来。难道他还打算看？这要怎么看？直接塞进墙上的那个小孔，对方就能接收到了？这想想也不可能啊。

即便如此，我还是尽我所能努力去做了，但似乎不需要太过努力。跟踪这种事这辈子还是第一次做，一开始有些忐忑，但平野先生这个人呢，他的背影特征太明显了，一眼就能认出，不会跟丢。他本人比较——应该说是非常——迷糊！所以我根本不用担心他会发觉自己身后跟着个大活人。

对他的点评先放一边，一天跟下来还是有让我在意的地方，那就是平野先生的行动。

跟踪到后半段，也就是日本桥到东京站那段路时，有好几次他都转弯绕路，特意去走那些并不是捷径的后街小路。

当走近一栋大楼刚拆不久的空地时，他驻足观察了一会儿，然后盯着地面上的什么东西。

之后他环视四周（这时我刚好躲到电线杆后面，没被他看到），接着蹲下来捡起一样东西。

我连忙拿起我的照相机充当望远镜，长长的镜头从电线杆与墙角的缝隙间探出，他做了什么看得一清二楚。原来他捡起的是一块不大的水泥块。他还掂了掂，试试水泥块有多重。

水泥块是刚好一掌能包住的大小，边角毛糙不规则。他试着换不同的面去抓握，等他终于露出满意的表情后，还连续做了几次砸东西的动作。

之后他把拿着水泥块的手举到齐肩的高度，伸到脑后，再用水泥块凸起的一端碰了几下自己的后脑。

这样做的时候他还闭上了眼睛，仿佛是在体会水泥块的温度和硬度。最后，他从包里拿出手帕包上水泥块，小心翼翼地放进本应放文件和工作物品的随身包里。做完这一切的平野先生脸上露出了奇妙的满足感。

那是什么东西？他究竟在干吗？

我喝了一口被晚风吹凉的咖啡，拼命地思考着问题。

等回过神来才发觉早就过了五点。那就回家吧。

当天晚上，还未到约定的九点。我在桌旁一边冲洗白天拍摄的胶片，一边回想一天的经历。

想到最后，最让我在意的还是那个水泥块。那只是一块很普通的水泥块，被手帕包着，放在随身包里。但每每想起，都会给我一种凶恶的感觉。

"嗯，只是水泥块而已是吧。"

我转头朝向里屋，对坐在房间里的小布熊梵豪说。这是我之前就养成的习惯。

"怎么还会有人特意去捡那种东西？"

"总会有的吧。每个人都不一样。"

慢着，刚才那是什么？

我怎么听见有人在回我的话？不可能不可能，不存在的不存在的。

"哎，神经过敏。"

这当然不是对小布熊说的，只是自嘲。

"小布熊怎么可能说话呢。"

"不能说话吗？"

"……"我又听到里屋有"人"在接我的话茬。

"明明是志织你希望我说的呀。"

这究竟是怎么回事？

幽灵？外星人？妖魔鬼怪魑魅魍魉轮番在我脑海里过了一遍，直至想起几个以前很少听到的词——"四次元""时间轴"，难道和这有关？

或者——是我精神出现问题了？这么一想，我全身突然竖起鸡皮疙瘩。不会吧！我抱着脑袋，惊慌得几乎都要叫出声来。不会的！我不会有问题的。要不是我的问题——那就是闹鬼或者外星人降临了。

我还是快跑吧，我想立马就从这个屋子跑出去。但不能这么做的理由有二，不对，是三个。

首先，我还在冲印胶片。这冲印的可不是一般的胶片，而是未来人拜托我拍摄，跑前跑后忙了一天的成果。如果就这么跑出去，那冲印了一半的胶片可就报废了。

其次，晚上九点我无论如何都必须待在这个屋子里，因为我约好了要和西哈诺通话。

另外还有一点，就算我逃出去，早晚还是要回来，因为没有别的地方可以让我睡觉。与其逃出去后不得不再硬着头皮回到这个"吓人的地方"，说不定还是一直待着比较好。

我极不情愿却又无可奈何地朝里屋方向走去。刚到门口，我便伸长脖子想看看里面有什么，让我直接走到桌旁是万万不可能的。

"我的脸上有什么东西吗？"

结果听到了一个像少年合唱团领唱一般的声音又说了一句话。那个声音听上去很可爱却甜而不腻，带着一点成年人的感觉。

小布熊那张用软布做成的脸孔和塞满了棉花的四肢还是一动不动,唯一不同的就是那两只大眼睛正注视着我,并且在它说话的时候发出神采奕奕的光辉。

我深吸一口气跑到桌旁,抓着它的脖子带到起居室。

我把小布熊放在桌上,自己则坐在桌前面对着它。现在要做的是冲洗胶片,此时显影液已经倒入显影罐,为了保持化学药剂的稳定,必须定时搅拌才行,不然胶片就毁了。

我手里一边干着活儿,一边在考虑到底要不要再试着和它说话。

"有这么吓人吗?"

仿佛读到了我的心声似的,那个声音又开始取笑我道。

"为什么?"我问。

"什么为什么?"

"为什么你会开口说话?"

"嗯,我觉得可以帮你,所以就说了哦。"

"什么时候开始的?"

"啊?"

像现在这种情况,沉默会更加可怕。没话找话也好,我总要找点问题来问它。

"我是说是从什么时候开始你能说话了。"

"这个嘛，"梵豪似乎慢吞吞地说，"开口说话这的确是第一次，但什么时候能说话……"

它说话的语气就像个狡猾的小鬼。我叹了一口气把显影罐搁在桌上，突然发觉了一件事。

梵豪的"声音"和刚才显影罐接触桌面发出的响声有明显的不同。后者是很普通的声音——也就是通过空气传播，被耳道内诸多器官接收后再由大脑进行处理。说白一点就是由外自内，经由物质反馈产生的声音。而梵豪的声音却不一样，它跳过了各种传播的过程，是直接在我脑中响起的。

"那我们继续？"

小布熊用充满童稚的声音问我。

"先别管我了，接着说志织刚才在想的事。"

"啊，刚才我说什么来着？"

我拼命控制自己不要发抖，暂且按它的意思和它聊聊吧。

"你刚才不是在说水泥块吗？"

"对对，水泥块。"

我盯着半空，想了想补充道：

"前往东京站的途中，平野先生在一片空地上捡起一块水泥块。"

"对，后来志织你说还有人会捡这种东西？然后我回答，总会有的吧。"

"是的！"

这时定时器的闹铃响了，为控制显影时间我设定了一个时钟。

我拿着显影罐机械性地起身走向水池，倒掉显影液，然后往罐子里倒入准备好的停影液，搅拌一分钟后再把停影液倒掉。

显影液是碱性，停影液是酸性，两者中和后加入最后才用到的定影液。整个冲洗过程不能多一分钟也不能少一分钟，所以最后的步骤也要定时完成。

最重要的步骤总算完成了，虽然倒定影液的时候洒了出来。我拿着显影罐回到起居室，又回到桌旁坐下。

刚才那是幻听吗？此时桌上的梵豪又变回了普通的小布熊——真是谢天谢地。我这样想，谁知……

"我说呀，人类的男性的确有捡石子之类的喜好呢。"

那个童声又来了，而且还接着刚才的话题继续往下说。

"但他捡的可不是石子。"

我一边摇晃显影罐，一边应付它。

"捡石子的话，可能是因为喜欢它的颜色或者形状，这不难理解。"

"那他会不会是觉得有用才捡的呢？"

"的确有这种可能。"

我想起之前梵豪说的话。我问它为什么会开口说话的时候，它的回答是"可以帮到我"。

细想一下，或许它说得没错。我一个人胡思乱想恐怕想破脑袋也想不出一个所以然来，的确需要有人和我一起讨论才行。

正因为有这样的需要，所以梵豪的声音其实就是我自身潜意识的产物，也就是我的心声。

"那么，是什么形状的？"

梵豪打断了我的思绪，继续提问。

"什么？"

"水泥块的形状。"

"毛毛糙糙。"我说，"有一端凸出。怎么说呢，看上去挺扎眼，有种凶恶的感觉。"

"凶恶？"

"是的。"

我想起下午平野先生捡到水泥块之后做的事。

"最主要的是，那水泥块他不是捡起来就完事了，他还拿着水泥块，像用锤子砸钉子似的砸了几下，然后才放进包里。"

其实在放进包里之前，他还用水泥块做了另一个动作，但我不想描述那个动作。

"他是打算用来做什么吗？"梵豪问道。

"这我就不知道喽。"我说。

"总不会想当伴手礼送给客户吧。那就是在家自己用的。"

"应该是吧。"

"但他如果真要做木工就该去买一把真正的锤子啊。况且在这种租来的房子里用不着做敲敲打打的事吧。"

"你说得没错。只是——"

"对了，还有种可能。你刚才说水泥块边角毛糙，还有凸起是吧。那会不会是做菜用的呢？不是有种类似的工具是用来切肉断筋的吗？不过那是金属制的，上面也有尖头。"

"嗯，梵豪，那个——"

"肌肉有受到刺激就会收缩的生理特质。活生生的人类肌肉受到刺激会被吓到或者产生痛感，但站在旁人的角度或许只是觉得好笑而已。

"死了的话，肌肉在受热后只会收缩。所以说还是活物比较难对付啊。肌肉这个东西不砸软、把筋切断可是不行的哦。所以才需要这种凶恶的工具——"

"能不能别说了？"

我下意识地喊了出来。总觉得气氛有点诡异。

我一直不说话，梵豪也没开口。我开始旋转显影罐上的小旋钮，为了防止胶片产生气泡，还用手指敲打显影罐的底部。

"平野先生，我觉得他是个挺老实的人。"

没想到最后还是我打破了沉默。

"虽然我只是从远处观察他，但他给客户打电话的样子，看上去挺认真的，不像会惹事的人。有一条素不相识的狗经过他身边的时候，突然躺下把头搁在他脚背上，这样他也没生气。无论对狗还是对狗的主人都和和气气的。人家还一个劲儿地给他道歉哪。"

"他应该是那种忍耐力特别好的人吧。"梵豪开口了。

"但一直憋着火气的人，说不定什么时候就会爆发哦。那时候他们可比那些随时都会生气的人要可怕多了。"

梵豪又开始说让我不舒服的话。它真是我潜意识的产物吗？我开始怀疑了。

水泥块"凶恶"的形状以及平野先生反复尝试的动作，的确让我联想到暴力。难道他是为了加害某人所以才要寻找合适道具并且演练如何下手？

定时器的闹铃响了，我又走到水池边，把显影罐里能二次利用的定影液倒回储存罐里。然后再把显影罐放在水龙头正下方，打开龙头让水灌满罐体，溢出的水流顺便带走残留的药液。

趁冲洗药液的这会儿，我开始收拾东西。等冲洗得差不多了，便把显影罐里的水倒干净，然后掀开显影罐的盖子，把胶片从片芯上取下来，再透过灯光检查一遍。看起来冲洗得很成功，底片没有问题。

这次我拍的照片和以前完全不一样。以前的风格用中介远山先生的话来说，就像是小文具店里卖的那种明信片上的图像。

而这次呢，都是些西装男的背影、大厦的入口、车站前的时钟和被电线杆遮挡的街道等日常画面。这些画面虽然很简单粗糙，看多了却意外地让人觉得很有活力。

我用食指和中指夹住胶片的一段，然后让两根手指沿着胶片往下捋，把沾在上面的水珠沥掉。每一条胶片都这样清除水迹后，便把它们拿到老地方晾干。

然后我便坐在梯子上面，用手撑着脑袋，等待九点的到来。

"喂喂，您在那里吗？"

西哈诺今天准时出现。我把耳朵靠近墙壁，能听见像以前那样的响动。

梵豪发声这件事让我开始注意起声音来。我仔细听了下，西哈诺的语音的确是"声音"，而不像梵豪那样是直接来自我的脑内。因为我不仅能听见他说话，还能清楚听到空调孔中空气流动的声响。

"请说。"我说。

"太好了，北村小姐今天也一直在等我呢。"

说得我好像对他有意思似的。也就在这样想时我发觉自己似乎对此并不反感，反正不会觉得讨厌。

在我身边出现了两件怪事，就是听见了两个本不应该出现的声音。其中之一，也就是现在这个听到的声音是真正的"声音"，它依靠物理手段进行传播，说话的人还能把看到的新闻读给我听。

刹那间有个想法浮现出我的脑海但立马又沉入海底。我想到的是，要不要把梵豪"说话"这件事告诉西哈诺，和他讨论看看。但把一件怪事告诉另一件怪事的源头，总觉得很魔幻。此外我也不想被他当成脑袋有问题的家伙。毕竟再怪对方也是一年后的邻居啊，形象还是要保持好。

"您既然在等我，"他继续说道，"说明之前拜托您的事情已经做好了是吗？"

"是的。"我干脆地答道。

"真是太好了。非常感谢，谢谢！"

西哈诺的声音听上去含含糊糊的。莫非哭了？不至于吧。但他的声音感觉要比上一次更加沙哑，或许只是我想多了吧。

"那情况怎么样？"

听他问起我便开始讲述这一天的经过。但说归说，似乎没必要把平野先生具体去过哪里、做过什么都说一遍（毕竟我跟踪的就是他本人）。我只要说跟踪从哪里开始，又在哪里结束，我在何时何地拍摄了他的照片就行。在说的时候我心里还有些忐忑，不知道西哈诺对我这一天的成果是否满意。

"真是太完美了。"

听完后他十分满意地说。

"这正是我所希望的。看来我的选择没错。现在我深感能让北村小姐帮忙真是太幸运了。"

你的选择？难道你还想麻烦别人来着？

"那在这过程中，平野没有给您带来麻烦吧？"

他这样一说我马上想到的就是水泥块的事。不过让我诧异的不是这点，而是他说的"给您带来麻烦"这句话。

"除此之外，您碰到过别的麻烦，或者让您难办的事吗？"西哈诺进一步地问道。

"跟踪这种事您应该是第一次做，没有经验，所以有什么问题的话，请尽量提出来。也为了今后做准备。"

"今后？"我脑子一蒙，"有言在先啊！我可没打算——"

"啊，这事不急，我们待会儿再商量。"西哈诺一个推手又把话题岔开了。

"您看我说得没错吧。九月是个不太坏的月份，气候方面没大风大雨，不冷也不太热。就算平野去公司打卡或者见客户，只要室外有能休息的地方，您只要往那儿一坐，点杯茶就能舒舒服服地等了。比如像这次——"

"的确没有等得太辛苦，只是——"

"有什么问题吗？"

"那种大楼不会只有正门一个出口吧？"

我想起今早的疑虑便问道。

"哦，这没关系。"西哈诺轻松地答道。

"他在新宿没有要跑的客户。从公司出来只有两个选择，要么去都厅前站坐大江户线，要么在新宿搭乘JR。为了方便，无论向左走还是向右走，两边都必须从正门出发，没有走后门的必要。"

"原来是这样。"

那我以后就不会再担心了。我刚想这么说就捂住了自己的嘴。说了"以后"岂不是上了他的套。

"之后您再跟踪平野应该没有什么难办的地方了吧？"西哈诺继续把话往下说。

"他就是一个木讷迟钝的男人，尤其是这一时期。您看他走路的速度也不快吧。"

"嗯，的确——"

"那看来问题主要出现在等待上。他去客户公司拜访的时候，您只能在外面等。什么时候出来也不知道，只能盯着门口，这应该很辛苦吧。"

是啊，他能理解我的感受让我觉得稍稍欣慰一些。

"所有精力都集中在视觉上很容易累，这时候只要给予别的刺激就能缓和这种紧张感。比如吃颗糖啊，或者在口袋里放一颗树果之类的小物件，一边观察的时候一边把玩。"

"树果？"

"或者您戴一副耳机听听音乐也可以啊。"

哦，原来还有这种缓解紧张的方式呀，那下次——停！没有下次！我可没打算继续跟踪。

　"辛苦了！您能坚持一整天真是太厉害啦！"

　"没有没有——"

　"我觉得北村小姐在跟踪这方面很有天分呢！第一次就这么厉害。"

　他一连串的吹捧让我起了戒心。我这又不是打算转行去当侦探，我很明白他把我吹捧起来就是为了让我答应继续跟踪。

　"天分什么的，算不上啊。只是——"

　"什么？"

　"是不是应该告诉我了？上周不是说过吗？等我这周的任务完成后，你就会适当地说一些和跟踪有关的事。"

　"我是这么说的吗？不好意思我要想一想。"

　这个嗓音沙哑又低沉的家伙似乎打算和我耍赖。

　"没关系，就算我没有说过这种话，但北村小姐您肯定也很想知道吧。那这样吧，不知您是否能稍等在下一小会儿呢。"

　"你——"

　"您看，要说这件事，恐怕不是我一个人能决定的，必须要征询另一个人的意见。

　"作为我来说，虽然没有和您立下今天要向您做出说明的约定，但听您这么一说，想必您一定万分失落，这实在是让我诚惶诚恐啊。抱歉！对不起！请原谅我！我给您跪下了！虽然我这是在一年后的未来，您也看不到，但我真给您跪下了！

"还有，您下周能继续帮我跟踪平野吗？"

妈呀。我刚刚还气得想要骂人呢，没想到被他这一招三百六十度前滚后滚超时空厚脸皮道歉法给惊得哑口无言，所有怨言也都被抛到九霄云外去了。

"如果您能答应我的话，那您就是我这辈子最大的恩人，绝无虚言。而且这不仅仅是为我，还是为了——"

"不仅为你？"我问，"难道这事还是为别人去做的？"

"嗯——呜。"

他回答得含含糊糊，那两个字仿佛是卡在牙缝里怎么吐也吐不出来。

"是我认识的人吗？"我突然问他。

"是的。"

"那是谁？"

对于我的提问西哈诺过了半天才回答。

"其实是，房东。"

"房东？"

"对，就是权藤老先生。正是那位鹤发童颜，地主家的少爷出身，成年后成为画家，儿子媳妇皆早亡，本人也久病缠身的——"

喂喂，你这是讲故事呢？哪有这么报人家身世的。

"行了行了，那你让我跟踪平野先生、拍他的照片，这些和房东有什么关系？"

"拜托您了，饶了我吧。"我似乎能看见他在次元那一头抬手求饶的样子，"刚才我也说了，讲不讲不是我一个人能做主的。"

不行，不能这么轻易饶了你，我在想要怎么逼他一下才行。

"啊，不好意思，请稍等——"

结果他又借故遁逃，我真是气得牙痒痒的，只能干坐着等待未来与现在的连线再次接通。

"不好意思，不好意思。"他回来得倒挺爽快，"您有诸多疑虑，我也充分理解。剩下的几次请和今天一样完成。看在房东的面子上，看在北村小姐的房间和我的房间超越时空连接的面子上，看在空间虽小可能性却无限的隐秘空间的面子上。拜托您啦！

"哦，还看在我要再读一周新闻摘要的面子上。对了，上周我的新闻应该都对上了吧？您好好确认过吗？"

"嗯嗯——"

提起报纸的事我又有些动摇，所有的内容的确都对上了，从头到尾每一条。

但这次稍稍有些不同。倒不是新闻有什么问题，而是他刚才说话的语气。

为什么前两次他都是自信满满的，百分之百确信自己不会有错，而这次却要问我"应该都对上了吧？"？可能是我又多心了，但我很在意——总觉得内有玄机。

假设，我在想，西哈诺如果真是未来人的话，那他给我的预言与真实报道产生偏差的可能性就是零。但如果他不是未来人的话，别说一周份的新闻了，恐怕连之后两三天的内容都不可能对得上——

事实上只有两种可能性，要么全对，要么全错，不存在有错有对的情况。所以他在担心什么呢？真奇怪。具体怪在哪里我又说不出来。

要说古怪的话，我这边不也有一位吗？一只向来只是我自言自语对象的小布熊，居然开始向我脑内传音。

今天到底是什么日子啊，净是些怪事。我突然觉得也许不是今天，是之前或者今后都很奇怪。

隐约觉得自己踏入了一个未知的世界。这或许是从我听到墙上那个空调管道孔里发出声音，然后和声音说话，之后又按照他说的去跟踪平野先生——做此类莫名其妙的事情之后开始发生变化的。那样说起来，在此之前就已经——

"再一次拜托您。从下周开始可以继续跟踪平野吗？就像今天这样。只要在周三那天就行。"

那沙哑的声音听上去时而年轻性感，时而老练成熟。真是不可思议的声音。

在这声音的劝诱下，我只能——

"——好的，我明白了。"

如此回答。虽然我知道自己可能做了一件蠢事。

好可怕呀。但如果不搞清真相就此离去或许更可怕。或许想从此事脱身已经是不可能办到的事了。

"只是，我有个条件。"我说，"请尽早，把真相告诉我。这就是我的条件，如果你答应的话。"

"我答应您。我一定会尽快告诉您。"西哈诺的声音突然变得明亮又透彻。

"感激之情无以言表。今天您做得很好，希望下周像今天一样出色。同样是晚上九点，我会在这里等您。

"还有最后一件事，我希望北村小姐和我之间的那个仪式能够继续下去。就是核对一周份的新闻——"

"稍等一下！"我插嘴说，"在此之前——"

"怎么了？"

"有件事我想问你。"

我想问他水泥块的事。就是放在平野先生公文包里，那块边角毛糙，差不多比拳头稍小的水泥块。

他捡这么一个东西到底要干吗？结果我话到了嘴边却没说

出来，改成问：

"今天拍的那些照片要怎么处理啊？"

或许是不祥的预感让我犹豫了吧，最终还是没问出口。

"啊啊，那些照片就先放在您这里吧。当然请保存好，不要弄丢了。"

"就这么放着吗？"

"是的。当然，日后我会麻烦您转交给我的，只是这转交的方法和时间到时候再说。

"其实我觉得我们所处的环境似乎我这一边比较占优势。因为我在未来，所以知道很多北村小姐不知道的事情。

"不仅如此，也只有我这一边能收到北村小姐赠送的礼物。"

"礼物？"

"比如说这些胶卷，您可以找一个别人不会发现的地方藏起来——比如在公寓后面的空地上挖个洞埋起来。然后再告诉我您埋的地方。

"我知道后就马上去那个地方，挖开土层就能找到您埋藏的胶卷了。虽然在土里埋了一年，或许会染上些许潮气。

"您看这样我不就能收到您的礼物了吗？只是我这一边却没有类似的方法能给北村小姐送任何东西。因为时间，是从北村小姐您那一边开始单方向流动的。"

西哈诺认真地说。他的语气听上去非常诚恳又遗憾，好像如果可以的话就一定会送我什么礼物似的。

"其实，我的确有一样东西要送给北村小姐您。应该是有的吧——不，一定有的。只不过这样东西没有实体。"

"啊？是什么？"

"究竟是什么东西，今天在这里我还没办法告诉您。"

哎，他又开始打哑谜卖关子了。我忍不住叹了一口气。

他有时温柔（或者只是声音温柔），但有时又不会说人话，很难与他交流。在我看来，这个西哈诺的性格还真是变化多端啊。

好吧，那就继续陪你再玩几次这个神秘无解的游戏。

也就当作每周一次，我能坐在梯子上，把脑袋靠近墙上的孔洞，倾听那个低沉、沙哑的声音所要付的酬劳吧。

那个声音听着很舒服但也说不上浪漫。我一边听他说，一边把新闻内容记在纸上，内心的思绪荡起圈圈涟漪。

那天是我这辈子第一次做跟踪这种事，也是我和未来人进行的第三次对话。之后的第二天，日本职棒选手协会第一次决定罢工，某个著名政治家接受政治献金的调查也告一段落。

所有的新闻标题正如西哈诺所言，他说的每个字每句话都和报纸所刊登的对上了。

虽然西哈诺的预言，以及对他声音的想象和思考如何跟踪这些事在最近几乎占据了我大部分时间，但对旅行社来说，秋季的旅游旺季即将开始，一件件工作就像雨后春笋似的冒了出来。有个人自由行、团队游、学校的修学旅行、公司的团建旅行、周边名胜游等，还有客户这时候就早早地订好了年末的海外旅行计划，要我们帮着做方案和排期。

忙得头都大了，加班自然是家常便饭。为了确保固定休息日和各自的轮休日不加班，大家都是互相帮助，一起完成工作。

因为这样，在我周一轮休的那天——也就是要按照约定完成跟踪任务的两天前，我便在家打扫卫生把要做的事都先做完了。下午天快黑的时候就出门散个步。

这次我选了车站的反方向。听说那里有一段河堤景色不错，我想着坐在堤岸上，吹吹河面上吹来的风，烦乱的思绪能变得清爽一些。谁知道走到那里才发现，根本就没有我想象的那种气氛。原本就不大的河堤空地上，早已被很多带着狗的人给占据了。

这些爱狗人士看上去就和带着孩子出来遛弯的主妇一样，很快就结成了自己的社交网络。他们三三两两地站在一起热烈地讨论着关心的话题。这没什么不好的，只是我这个没牵狗也没养狗的人在人群中显得格外突兀，总感觉这里不是我该来的地方。

要走吗？再待会儿？就在我犹豫不决的时候，一只大狗突然出现并在嗅我的鞋子。那是一只淡青色的眸子的哈士奇。

这狗好像见过。我转过身，果不其然，身后那个握着狗绳的人正是祖父江小姐。她穿着黑色的裤子和凉鞋还有橘色的 T 恤。这身打扮和她严肃的表情很配。

"呀。"

从声音和表情来看，她也认出了我。

"你是前段时间刚搬进二楼 B 号室的人吧。"

她说散步回来的时候见过我站在阳台上的样子，所以认得我，还说一直想找我聊天来着。我也不知道她是真想还只是客套话，反正就这么聊了起来。话题有工作呀兴趣呀等等（尤其谈到了如何获得公寓的入住资格）。

"对了，二楼的通风是不是比较好？"

祖父江小姐一脸羡慕地说。之前二楼 A 号室住着一个画插画的姑娘，祖父江小姐曾去找她玩过。后来那姑娘搬走了，她还一直心心念念地想要换房间。

"后来我就去找房东说了。结果——"

"不行吗？"

"是啊。他怎么说的我学给你看啊。咳咳，祖父江小姐，这个房间嘛，谁都有自己的偏好。喜欢空气流通的就想住二楼，想要接地气的就要住一楼。也有喜欢看富士山的又想住西侧——

"顺便说一下，我的房间是在二楼东侧。

"所以请克制一下自己的偏好吧。大家都是刚好住进空置的房间。如果开了这个先例，住到一半想要换房间，那等祖父江小姐换好后，国原先生也想换。国原先生换好后，是不是仓先生也要换了呢？像华容道一样换来换去可不行哦。"

祖父江小姐学得倒是有模有样。

"国原先生就是在你之前住二楼 B 号室的人。是公务员兼前卫艺术家。"

"啊，前卫艺术家。"

"是啊。后来我才知道，原来说想看富士山的就是他。但这个人邋里邋遢的，自己的房间也弄得很脏。糟蹋完一间肯定不会让他再糟蹋一间是吧，不然整个二楼就沦陷了。

"后来公寓就明文规定不许换房间了。如果一定要换也可以，就必须预交两年的房租。房东还把这些规定写进了合同，分发给当时入住的三人。这里房租虽然很便宜，但两年的房租也是笔不小的数目啊。"

在我看来，这两年份的租金差不多就是一对中年夫妇享受一次优雅的欧洲之行所要出的钱。

"当然，咬一咬牙把存款拿出来也不是交不起，只是在这两年时间里会有什么变化谁也不知道。所以想换房间的人都放弃了。

"只是到二楼Ａ号室的新住户——也就是平野先生搬进来以后，规定好像发生了变化。我听说平野先生的合同上是这么写的：'原则上不允许在公寓内换房间，倘若特别希望调换，则需要符合房东规定的条件。'你那份合同上应该也是这么写的吧？"

记不清了，但好像是有这么一条。

"所以知道你搬到了二楼，就觉得你运气真是好啊。"

"对不起。"

"这和你又没关系，用不着道歉呀。"

也对，我的确不用道歉。

"嗯嗯，像那样把合同改来改去，房东也真是个想法多的人啊。"

"不过祖父江小姐的要求，房东先生应该也很难拒绝吧。"

"为什么呀？你是说房东对我有意思才不好意思拒绝？"祖父江小姐耸耸肩问。

"你是听谁说的？呜，应该是仓先生说的吧。"

"呃——"

"他人也不坏，就是嘴巴大了些。"

"是因为仓先生他本来就喜欢您吧。"

结果我把本来不想说的事给说了出来。不过这应该也不是什么秘密。

"呵呵。那男人大概只喜欢幻想中的我吧。"

"幻想中的？"

"是呀。我觉得他肯定搞错了什么。"祖父江小姐淡淡地说，"虽然我只是猜测，但在他眼里，我应该是个对男人不屑一顾，被惹恼了甚至会拿鞭子抽人的女人吧。这些都是他单方面的误解。"

"呃——"

对方要怎么想还真没有办法。

"可能是您拿手术刀的形象让他们产生了这种想象吧。"

"这个嘛，各种各样的原因都有吧。总之我觉得他对我抱有不切实际的幻想。而且我觉得，他其实更喜欢的是钟情于我的他自己。所以沉浸在这种想象中，无法自拔。"

我和祖父江小姐就站在河堤上，看着一个个牵着大狗小狗的狗主人从眼前走过。

不过话说回来，从外部条件来看，仓先生和祖父江小姐其实还挺般配的。年龄上差不多，一个是音乐家，另一个是外科医生。

好吧，虽然一楼这两位的八卦很有趣，但更加让人感兴趣的则是房东权藤老先生以及他定的那些规矩。

身为艺术家性格相当开朗大方，但定下的规则却又固执古

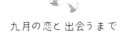

板。正是这样一位古怪的房东，为何会对平野先生大开绿灯呢？真是蹊跷。

"这个，我不知道该不该问——"

"什么？"

"我想问平野先生的事，就是住在二楼 A 号室的那位。"

不能和平野先生说话，跟踪的时候隔着老远的距离。除此之外，就算碰见也只是点头之交。西哈诺是这么嘱咐我的，但他没说不能向别的住户打听啊。

"今天和您聊了这么多，之前也和仓先生见过面。两位的情况我多少了解了一些。只是那位平野先生——"

"是个神秘人物吧。"

祖父江小姐突然摆出一副想到了什么的表情。她那形状优美的双唇微微一弯，刚要把话说出口的时候突然又闭上了嘴。

"您是有什么要对我说的吗？有关平野先生。"我不禁问道。

"没有。"

像薯片一样又干又脆的回答。脑后的马尾辫也随之左右摇晃。

"难得碰上一次，虽然我只对他说些'今天天气很暖呢'之类的话，但他从来没好好地回应过我。"

和我一样。在我面前都那么闷的家伙，在祖父江小姐面前肯定好不到哪里去。

"嗯，虽然给人一种很宅的感觉，但好歹是在普通公司上过几年班的人，最低限度的常识总是要有的吧。这点礼貌，现在的男孩子基本都能做到。"

祖父江小姐迷惘地望着不远处的河川。

"还有，前不久发生了一件怪事你知道吗？我听到了声音。"

"声音？"

"嗯，是我半夜在阳台上抽烟的时候听到的。"

在自己家里抽烟干吗还要特意到阳台上抽，又不需要顾虑家人——我觉得奇怪，不过马上就想到了答案，有狗啊。

"这时我听到上面的房间里传出声响。别不信啊，真听得见。虽然我站在阳台上，但平野先生那里应该开着窗户，因为他的房间没有空调。"

"为什么不装啊？"

听到空调这个词我就来了兴趣。我打断她问道：

"为什么平野先生的房间会没有空调啊？东京不是一般的公寓里都会装吗？像我是不能吹冷气没有办法。"

"啊，大概没钱吧。"好吧，又是片干脆的回答。

"那我继续说。后来我就听到声音了。"

"是什么奇怪的声音吗？"

"嗯，的确很怪。扑哧，扑哧，很厚重的声音，虽然有间隔但还是很响。

"我觉得像是打人的声音。我可不是多管闲事哦，只是觉得如果真有人受伤的话，很有可能会送进我工作的那家医院。所以只想了解一下情况。

"所以我就跨出阳台，走到外面那片田埂上，隔着一段距离抬头看二楼窗户里面在干什么。结果——"

"看见什么了？"

"窗帘拉开一半，能看见平野先生本人。但他走来走去，时隐时现。一开始我还不知道他在干什么，仔细看了一会儿才明白。

"他那是在打人，不对，应该是在打床垫呢。平野先生把床垫靠在墙上，然后一个劲儿地打它。"

听到这里，我嘴巴惊讶得合不上了。

"如果只是用拳头捶两下靠垫或者枕头的话也不稀奇。"祖父江挑起眉毛继续说，"但特意把床垫竖起来靠在墙壁上——就这么一下一下地打，就不仅仅是解压那么简单了。而且当时他表现出的情绪和表情也不太一样，和捶枕头之类的动机有根本上的区别。"

"哪里看出不一样？"

"嗯，表情很严肃，非常严肃。"

"严肃？"

"看他打完后我在想，他应该是在模拟某种场景。"

"模拟场景？什么意思？"我一头雾水地问道。

"就是在练习。"

大概觉得一旁的狗狗开始无聊了，祖父江小姐便牵起狗绳，一边走一边和我说：

"他拳打床垫的过程非常严肃认真，像是在计算和演练要如何打人，然后一次又一次地进行练习。

"我就看到这么多。那我先走啦，拜拜。"

第二次跟踪的开头非常顺利。

天气比较一般，平野先生也依旧呆头呆脑地出了门。他真是个给新手准备的好跟踪对象。

因为这次我知道他在哪里上班，就没上次那么紧张，我们一前一后混入早高峰大潮中。我没把他跟丢，平安无事地目送他走向上班的大楼，然后按下快门拍好照片。

九点半左右他出来了。这回和上周一样，他依旧去地铁都厅前站乘坐大江户线，但这次他选择在反方向的站台上车。

在都厅前站出发却搭乘前往都厅前站的地铁，这不是绕了一圈回到原点吗？如果是环线巴士还能这么坐，但大江户线并不是一个闭环啊。

　　结果他在六本木就下车了。夜晚的六本木想必非常繁华，但白天来看只是个头顶有碍眼高架、满地垃圾脏乱差的地方。平野先生走进一家综合大楼去拜访，我在大楼前等着。这次我采纳了西哈诺的建议，带了一个数字播放器出门，一边听音乐一边等要轻松许多。

　　回到车站后，他又搭乘终点是光丘站的大江户线，在青山一丁目站下车。

　　之后他便在一家装修很时尚的饮品店进行第二次拜访。与客户鞠躬道别后，他优哉游哉地走上青山大道，往外苑前方向前进。

　　之所以跟得这么顺利，是因为我经常来拍照，对这一带很熟。这里的风景很好，有很多值得拍的内容。就像远山先生描述的那样，这里不缺那种能印在明信片上的景色和建筑物。

　　时值深秋，已经有很多业余摄影师和绘画爱好者在美术馆前的那一排银杏林寻景。再往前走就是外苑前站了，那是东京地下铁银座线的其中一站。我们两个差不多在青山大道上走了有一站路的距离。

　　在暑气退尽的这个时节，如果有事来这附近，的确还是走路比较舒服。我一边这么想一边跟随着那早已熟悉的背影。他个子要比我高得多，但离得这么远也就没有站在身边才能体会到的那种压迫感。头发还是被压得奇形怪状，远远看着就像个孩子。

　　不能直接和他本人说话，但根据周围人的描述，又了解到他的一些情况，那感觉就像一个好朋友经常谈起他的弟弟。但又好像哪里不对。西哈诺不是我的朋友，平野也不是他的弟弟，而是他本人。

　　但总觉得西哈诺和平野有些不一样。说是一年前后的同一人，但现在的平野我只见过他的长相，而未来的平野我只听过他的声音。或许未来平野的头发已经不会像现在这样一头呆毛。

　　现在的平野还在继续走着。他似乎没有停下脚步或者走进建筑物的打算，只是在一条路上悠然前行。等走到下一站表参道站时，我额头上已经浮起了汗珠。

　　平野先生不走了，他突然像做体操似的抬起胳膊。这是要干吗？哦，原来在看手表。我站在离他十米左右的正后方，透过取景器看见手表显示正午刚过。

　　平野先生就站在青山大道和表参道的交叉十字路口。信号灯变成绿色了，他也没有穿过人行横道。从我的角度来看，两条交叉路和平野先生的背影仿佛组成了西哈诺口中由"长、宽、高"三个次元构成的空间图示。

　　他这是在等人吗？也就在我琢磨的时候，他突然迈开腿朝右转向表参道，往 JR 原宿站的方向晃晃悠悠地走去。

　　走了一段路，我发现前面应该是有一处工地。

沿着表参道的林荫路竖起了一圈工地用的围栏。围栏很长，一直往前延伸。又继续走了一段路，突然出现一处面积不小、形状狭长的工地。工地的正中有一座正在建造、钢筋外露的大楼。

我记得去年这里还是一栋看上去不寻常的老房子。

不是一栋，而是几栋连在一起的建筑群——古宅建筑群。那些古宅里最高的也只有三层，放到今天来看的确矮了点。外墙虽然是普通的水泥墙壁，但经过长年的日晒雨淋再加上污迹的浸染，表面变成了独特的黄褐色。

墙面上还有一层爬山虎覆盖着。与其说是古宅更不如说是"荒宅"，整个建筑群更像是种生物。这让我想起以前看过的小说里提到的善良的古龙，因为上了年纪，身体的一部分变成了岩石还附着着青苔。巨大的古龙趴着休息的样子就像是一栋老房子。

同润会公寓，我记得是这个名字。读大学时我第一次来的时候，是问同行的在东京长大的朋友才知道的。

当时朋友向我介绍说，同润会公寓是在关东大地震（1923年）之后建造的，或许是日本第一座钢筋水泥住宅群。原本就是民用住宅，我们去看的时候还有人住在里面。一楼临街处基本都改成了店铺，店铺的窗户边摆放着各种各样的杂货，窗户下面立着样式时髦的招牌。

　　古旧甚至破落的建筑和时髦的招牌形成鲜明的对比。当时我都看傻了。我记得自己带着敬畏之情眺望着这些建筑。它们屹立在比自己高的行道树旁，就像一个个忠心的侍从。

　　去年就听闻这些建筑要被拆除，之后要在原地建设商业设施和大楼。这还是第一次来到建设现场。

　　走到围栏的正前方，平野先生往右走之后又往左走，来到了工地的后侧。

　　那地方没有其他人，他站在原地又低下头看手表。

　　之后就要开始朝四周张望了吧。我忍不住回顾平野先生的行动模式。此时我也绕了个圈子钻进小巷，三步并两步地躲进了一根电线杆的阴影处。

　　我站在电线杆的背面探出半张脸先看看他在干吗，然后拿起相机当望远镜细看他的动作。

　　（不光是看，还需要拍。）

　　平野先生在取景视野中进进出出。他在没人的背街小巷里转悠，好像是在寻找围栏的尽头或者比较矮的部分。

　　等他发现没有这样的部分后，便果断地采取下一步行动。他突然蹲下，把公文包放在一边，然后一骨碌躺下了。

　　他的脸颊贴着沥青地面，额头靠在围栏的下端，尽量把脑袋往围栏与地面之间的缝隙上靠，似乎想透过狭窄的缝隙看清里面的样子。他到底想看什么，这么卖力？

　　他这么折腾了半天，一个保安不知从哪里突然出现了。中年保安站在他脑袋旁边，俯视着他说了几句话（我这个距离听不清他们说话）。

　　平野先生只能转过身，面朝保安也说了几句话。

　　保安抱着胳膊一脸发愁的样子又说了几句话。平野先生则依旧保持仰卧的姿势回答了几句。

　　两人一问一答的场景让我想起了上次平野先生和狗的遭遇。这次趴在地上的换成了身为人类的平野先生，想想还真是古怪。

　　保安脸上的表情越来越犯愁了，他松开抱着的胳膊又对平野先生说了几句话。大概是在说："不管怎么样，你站起来好吗？"

　　平野先生果然站了起来。在这绝不和谐的气氛中，两人又开始进一步的谈话。而后平野先生拍拍衣服上的尘土，拿起公文包走了。保安则目视他的背影，仿佛在无奈地感叹。看平野先生走远后，他也转弯离开了。

　　我从电线杆后面走出来去追平野先生，原本轻松的步伐似乎变得沉重了。眼看追上了，我便走入与表参道并行的后街继续跟踪。

　　在去原宿搭乘山手线之前，平野先生在便利店买了饭团，然后去代代木公园吃午饭。

到公园后他脱掉外套坐在草地上吃起饭团。树隙间游走的清风赶来抚弄起他的领带，也顺便撩起距他十米远，正坐在长凳上的我的头发。

我们享受着同一阵风。平野先生在吃东西，而我则盯着在吃东西的他的后脑勺想着刚才发生的事情。他一开始的目的地就是那个工地。从青山一丁目到表参道之间的漫步，在十字路口毫无意义的等待，这些全都是为了等到"午休中段"周围人少的时候再去而采取的拖延战术。

没错，但是，为什么？为此他不惜把脸蹭在地面上。这个看似人畜无害却又捉摸不透，甚至有些危险的男人究竟在想些什么呢？

我戴着耳机喝着茶，不停问自己，却无从可解。在远处望去，青空下为东京奥运会建设的体育馆是如此宏伟。

"犯罪者？"

我小声重复了一遍这个词。

"从志织的描述来看，能想到的就是这个啊。"

晚上八点刚过，我坐在卧室里的桌子旁。今天冲胶片的时间要比上周早，现在胶片已经冲好正挂着晾干。

晒好相片后，我主动从梯子上爬下来，对坐在桌上的梵豪说话。这还是我从上周以来第一次对它说话。原本下班后都有对它说"累死了""我回来了"之类的习惯，自从上周后我就再也没说过，梵豪也没有开过口。

我觉得梵豪并非我自脑海中萌生出的产物，所以刻意在回避与它交流。但一连发生了这么多事我总想找人商量商量，想来想去，虽然不情愿可除了它也没有别人了。

"准确地说不是犯罪者，而是犯罪准备者。"

长着一张可爱脸孔的小布熊，却说出了让人背脊一凉的话。

"不管是在路上捡水泥块藏在包里，还是志织从祖父江小姐那里听来的事，都和为犯罪做准备的行为极其吻合。

"有凸起的水泥块是凶器，打床垫则是练习与人搏斗——祖父江小姐也说过像是在揍人吧。"

"她只是说看起来像。"

"那不是这样的话，还有别的什么可能性吗？"

"这个——"

"的确有很多人会做这种事，但大部分人都是直接拿手边的东西来撒气。要么就是捶枕头靠垫，或者摔个杯子盘子什么的，或者把小布熊扔到床上。

"小布熊当然不会反抗，连动都不会动，于是就被捡起来扔出去，捡起来扔出去。还不够的话再踩上两脚，把里面的填充物踩爆，把接缝上的线扯得咯咯响。"

说得这么生动，好像亲身经历过似的。但梵豪是从制造厂直接发货到商店，我再从商店买回家的。它应该没有被蹂躏过的体验。

现在我和梵豪的对话或许只是我的自言自语变换了一种形式。它"遣词造句"的能力说到底还是来源于我。

"发起火来，做什么事的人都有啊。"

仿佛刚才什么也没说过似的，小布熊又把话头转向平野。

"但把床垫特意立起来当成搏斗对象，这可不像泄愤的表现。他是在做准备和练习，应该就和我猜测的一样。"

"那个平野先生？要去和人搏斗，还是要去袭击谁？他做得到吗？"

正因为做不到所以才需要练习吧。他看上去就不像会和人起冲突，更别说打架了。

"老实人、软柿子、耐性好、不会发火，这是志织你对他的形容吧。但越是那样的人，其实内心的怒气越容易积压散不出去。当怒气突破临界点的时候就会爆发，很有可能变成犯罪。犯罪的形式是多种多样的，这其中——"

"好了好了，别说了我知道了。"

说完我就转过身背对梵豪。

"虽然已经说过好几次同样的话让我心里过意不去，但今天，我真的无法向您说明事情的原委。"

老时间老地点，我坐在梯子上向西哈诺报告当天跟踪的情况。在听过他的感谢和慰问后，我追问起上次的约定，结果他依旧给了我这样一个回答。

"再等一下，是的，请再等一段时间。"

听到孔洞那头的声音这么说，我就问西哈诺：

"那跟踪是不是也到此结束了呢？"

我得强调下自己的立场才行。

"呀，这个，这可麻烦了。您看再来一次，最低限度再跟踪一次可以吗？"

"你觉得我会答应吗？"

我故意提高了音量。不管是自说自话的小布熊，还是从不守约的未来邻居，都是不讲道理的家伙，真是气死我了。

"每次都是'再等等，再等等'，每次都说话不算数。你以为我这么闲，还会帮你继续做那种事吗？"

"一般人的确不会再帮忙了。"

他倒不否认。

"但北村小姐和我的关系绝不一般。啊，我是说——"

他慌忙补充道："现在我和北村小姐是合作关系，但一年后的北村小姐和我之间绝对没有'特别的关系'。"

你这个解释有点多余好吗？我发觉自己的脸颊都烫了。

"不是您想的那样。我的意思是我俩能相隔一年的时间在这里交流，您不觉得这是一个奇迹吗？"

"嗯嗯——"

奇迹的确是奇迹，这我是承认的。

"正因为是一个奇迹，所以你之前的种种要求我都答应了，对于你的出尔反尔我也原谅了。但凡事都有一个度。"

"那么，您的意思是？"

"既然这样——"

我再好说话也不能一而再再而三啊。本来我还以为这次西哈诺会向我说明呢，谁知道还是老方一帖。

"那不如，我们就设定一个期限吧！"

"期限？"

"是的。您说得没错，不说明原委还要求您做这个干那个的，真是太厚颜无耻了。"

"那请问——"

"但我这边无法给您一个具体时间。下周是一个关键时点。我是这么想的，但也不能太过乐观。

"那么，我告诉您一个大致的截止时间。就到有两个男人去拜访您为止——"

"啊？"

"他们会穿着土气的西装，说话虽然很客气，但可能会让您听起来不太舒服。这两个男人离开的时候，会对北村小姐说

'如果有什么事的话请联系我们'。就到那时候为止。"

他到底在说什么啊？而且一直以来我的要求都不是"限期结束跟踪"这件事啊，我只是要一个说明。

"我觉得在此之前应该先向我说明事情的原委。"

我朝墙上的孔洞提出抗议。

"其实我也很想这样做。如果可以的话——"

"难道不行吗？"

"嗯，是的。"

"你是不是有你的苦衷不能说，还是你背后有人不让你说啊？"

我突然问道。

"背后有人？"

"是啊。"

实在憋不住了，我把藏掖在心中的问题一个个都提了出来。

"你让我跟踪一年前的自己，记录下他的行动，还特意拍下照片，这是为了给自己制造不在场证明吧！或许是一个无辜的人遭到了怀疑，所以需要这些照片来证明。在我这种老好人看来，这应该是最好的解释了吧。

"然而我观察到的平野先生，与其说是一个被冤枉的好人，更像是一个有预谋的犯罪者。"

"犯罪者？！"

他着实被我的话吓到了。起码在我这个老好人听来，他受到了不小的打击。

"您是怎么得出这个结论来的？"

"那个水泥块——"

"啊？"

"上周从日本桥到东京站的路上，你是不是在一条小巷里捡了块手掌那么大的水泥块，捡了以后还拿着它挥来挥去，还试着去打自己的头。"

对于我的质问他支吾了半天才回答。

"呜呜，那个啊，我都忘了。不好意思北村小姐，这件事平野虽然是上周才做的，但对我来说则是一年前了。"

"还有今天。"

"今天您也碰上了什么不寻常的情况吗？"

我告诉他在同润会公寓原址看到的事。

"哦哦。我知道了。的确有这么一回事。"他又补充道，"现在想起来了，一年前的今天，也就是九月二十二日我的确去过那里。"

"你在那里干吗？"

"我还想问呢。"西哈诺从容不迫地说，"请您告诉我，我做的这些事，哪里看上去像是在犯罪啊？请具体解释一下。"

被他这么一问我倒没话说了。

"您看您是不是想多了。"西哈诺装模作样地说,"或者说,我做了什么其他的,让您感觉平野看上去像个犯罪者?"

我本来想把他打床垫的事情也说出来,但想想还是算了。理由嘛,这是祖父江小姐"偷看"到告诉我的,不太方便说。

"不,没有了。只是——"

"还有什么问题吗?"

"我还是觉得如果不清楚事情的原委,就无法再帮你继续跟踪下去了。在我看来,理应如此吧。"

"或许是这样,只是——请稍等一下。"

他这个讲话讲一半就会掉线的怪癖还真是让人恼火呢。但今天这次我感觉是为了逃避和我说话才故意消失的。

"啊,对不起。您刚才说什么来着?"

"我说让你给我解释清楚。"我重复了一遍要求。

"是这个啊。之前我也说过,必须顾及另一个人的感受。要不要说,我一个人无法决定。而且说实话,目前情况也是这样,没有改变。"

"需要别人同意,那就是不能说咯。"

"嗯,是的。起码今天是不能说了。"

"上周我就问过你了,你后来就没和他商量过吗?"

"不,也不是没有商量过。"

这个不置可否的回答真是让人火大啊。

"说来说去，那个人到底是谁啊？"我记得之前西哈诺好像提起过，"是房东权藤老先生？"

"不，不是房东。"

"不是他那是谁？"

"是一个对我来说很近但又非常遥远的人。"

什么又远又近的，我根本不明白他说的意思。

"你是没办法和那个人联系上吗？"

"也不能说完全没法联系。"

"那——么——"

"只是那个人现在不在这里。不在我所在的时空。"

"那他也不是永远都不在吧？"

"那我觉得不会。"

"是到哪里去了？会回来吗？"

"肯定会回来的。"

"什么时候？"

"大概在九月二十九日。"西哈诺说，"如果一切都顺利的话。"

九月二十九日，不就是一周后的星期三吗？

"那下周我们继续的话，到那时候才能说给我听是吗？"

"我觉得应该可以。"

真的吗？我很怀疑。

"那就拜托了。"西哈诺的语气变得热忱起来，"为了下周，请再帮我一次。"

"好吧。我知道了。"那就姑且再相信他一次吧。

"但这真的是最后一次咯。如果那天还是和今天一样的话，我可是真的不会再帮你了哦。"

"嗯嗯，一定一定。谢谢您。"

听上去就像是在低头致谢。

"那今天已经这么晚了，最后——"

"还要读吗？新闻标题。"

"是的。"

"这部分已经不用继续了啊。"

我已经知道西哈诺是身处未来的人。就算我再怎么不相信他说的话，但这一点我是确信无疑的。所以我觉得不用再读新闻给我听也可以。

"不行啊，这件事不完成的话，我会不安的。"

在西哈诺的执意要求下，我们把这件已经做了三次的事情又重复了一遍。新闻依旧是职棒制度的问题以及某国导弹的问题。

我像个机器人似的写下新闻日期和标题，其实心根本就不在这上面。

西哈诺说的另一个人，也就是他不答应就不能说的那个人究竟是谁？这个问题似乎和房东也有关系，但我刚才问了，他却极力否认。

他对这个人的存在总是闪烁其词（起码在我听来是这样），并且从他的语气来看，总觉得我应该认识这个人。

但在社交这方面，我和平野基本上没有什么交集。除了房东也只有祖父江小姐和仓先生了。

但这只是现在，一年后呢？或许情况会不一样。我突然意识到这一点。

在一年的时间里，他会认识我认识的人，这也不奇怪。不光是我认识的，或许会和我成为亲密的朋友也不是没有可能——

我一边想着这些事，一边机械性地记录着新闻。突然发现已经记录了不只一周，而是十天份的新闻了。

"啊，请问，是不是多了三天？"

"多的部分，就当作赠品吧。那么下周，请拿出比平时要多一倍的精神来继续行动！不管过程是否顺利——即便中途跟丢了，也请尽您最大所能坚持跟踪到下午五点。

"或许，我说是或许，下周所有的事都会很顺利吧。"

"承你吉言。"

"那就这样。晚安。之后就拜托您了。"

西哈诺用了比之前更恳切的语气叮嘱我后，他存在的气息就忽然消失了。

- **4** -

几天后，我在一楼的信箱发现一封房东给我的信。

信封上写着"2B 北村小姐"，里面的信纸是黄色的，字是用蓝色的墨水写成。笔迹虽潦草却有模有样，不愧是出自画家之手。

（前略）

多日不见可安否？

前日接到孙子真一打来的越洋电话。问及是否认识您，结果得到了肯定的答案。两位果然曾就读同一所小学。

吾问真一是否记得小学时有一位"姓北村的女同学"，他听后即答"是北村志织吧，是个很可爱的女生"。由此可知您所说的"转校生权藤君"确为真一。

另，真一年末将结束驻外工作，回东京本部上班。吾甚为欣喜。

129

末了，请注意安全。听闻近期空巢盗难多发，贼子横行。町内会晤时已论及此事，出门请关好门窗，切记，切记。

权藤玲一 不尽欲言

我开始回忆有关转校生权藤君的事。

仔细一想，能回忆起来的事也不少。我记得班里有几个女生因为他的一头天然卷长发，给他取了个"Lion"的外号。现在我见过了他的祖父房东权藤老先生，那他的卷发应该是来自家族遗传。

"等我们长大后再遇见的时候。"这种让人遐想，又颇为郑重且带浪漫色彩的话，的确是房东先生这样气质的人才说得出来的，他大概也是从祖父这里学来的吧。两人不同的地方也不是没有，比如相貌和体型，我记得他长得比房东更为粗犷。

此时我俩虽还未重逢，但我就住在他出生的房子不远处，他祖父名下的房产中。

我回味着不可思议的感觉，把信纸折起来塞回信封。

又到了周三，开始第三次跟踪。西哈诺说这是一个关键时点，不知道今天会碰上什么事情，心里忐忑，却又有一丝期待。

结果自出门开始，这一整天就没碰上什么好事。首先是天气，前两次虽不算大好，倒也风和日丽，但今天不光天空阴云密布，连我的身体也跟着不对劲。

我的身体比较奇怪，生理期结束差不多两周后，会有一天疼上一整天。那天没力气做事，要上班的话当然不得不去，但如果刚好休息，我就会在床上挺一天的尸。吃止痛药本来就会嗜睡，索性疼着睡过去吧。想到待会儿还要挤早高峰的电车，我就觉得心情格外沉重。

到达新宿后，看着平野先生走进公司所在的大楼。等到九点钟，我拍下证券公司门口的LED显示屏。西哈诺曾向我保证，平野先生出外勤最早也要九点二十分才出门。结果到了九点十分左右，我刚买好饮料找座位坐下，就瞥到那个熟悉的背影从我的视野中掠过，而且他这次去的方向和上次不一样，是往左边——也就是新宿站的方向走去。

我慌忙起身去追，却总也无法缩短我俩的距离。最后，他消失在车站附近的人群中。

平野先生应该是进了车站。但是光JR就有山手线、埼京线、中央线和总武线，另外还有地下铁和其他私铁，根本不知道他到底会坐哪一条线。

我一脸茫然地在原地站了一会儿，想了想最后决定给平野先生的公司打电话。查到号码，拨通后我就说："我要找营业部的平野先生。"对方答："请稍等。"然后为我转接了电话。

"您好，这里是营业部。"

听筒里响起一个有体育生气质的男声，洪亮富有力量的嗓音连手机也随之产生轻微的震动。

"不好意思，请问平野先生——"

"啊——非常抱歉——他刚刚出门——"这个男人喜欢把尾音拉得很长，他接着问，"您有什么事的话，我可以代为传达。"

"啊，没有。麻烦您了，我找他不是工作上的事。"

"您是他的朋友吗？"

对方突然变回正常的说话方式，尾音不再拉长。

"嗯嗯，是的。"

"有重要的事找他吗？"

即便得知是同事的私人电话，他依旧亲切回应。也不知道他是本来人就很好，还是我的声音听起来慌慌张张的，貌似有什么急事。

"急事嘛，也不太急——"

"那您可以打他手机——啊，对了，他好像没有私人手机。"对方仿佛自言自语地说。

"其实他正在回家的路上。"

"回家？"

"是的。突然接到了客户的电话，计划有变，他需要回家拿东西。再过四十分钟左右他就到家了吧，您可以到时候往他家打个电话看看。"

如果是朋友应该知道他家电话，但我并不知道，就算知道我也没办法给他打电话。

"请问他从家里回来后要去哪里？"

"要去御台场——"

"御台场？"

"对，在临海地区。坐百合海鸥号去。"

对方告诉了我，但他的口气逐渐变得不耐烦，并且开始怀疑我的身份。我不能再问下去了。

我道谢后挂了电话，然后决定先去御台场。如果平野先生是先回家再去的话，我就可以赶在他的前头。我在御台场的车站一直等应该可以等到他。

我查看了电车的路线图，如果搭乘大江户线到汐留，就可以在那一站转乘百合海鸥号。

汐留站我还是第一次来，爬了好几段楼梯，走过一个形状陌生的检票口。之前两次的跟踪去的都是曾去过的地方，所以不管是电车还是地铁，这几处的交通工具要如何乘坐我都清楚。但这次的几个地方，我基本上都是第一次来。

跟丢带来的焦躁感加上身体的不适让我觉得自己就像在梦中飘荡，再加上百合海鸥号是单轨电车，那种飘在半空的感觉更加强烈——晕乎乎的，脑袋像在打转——然而当我望向车窗外，发现轨道真的变成了一个巨大的圆环时，吓了一大跳。

（后来才知道，为了确保穿越彩虹桥时的铁轨与桥面高度一致，走最近的路线恐怕坡度太高列车上不去，只能采取绕一个大圈的方式递增高度。）

坐在电车上看路线图时，我发现一个问题：平野先生的同事只说他要去"御台场"，但没有说在哪一站下车。而"御台场"其实包括了"御台场海滨公园"和"台场"这两个站点。

考虑了一下，我决定在比较热闹的"台场"下车，然后找一个可以看清检票口的角落等他。

工作日的上午，车站虽不至于拥挤不堪，但来玩的人还是让这里显得很热闹。他们大都是学生模样的年轻男女和观光客。窗外仿佛是未来，或者更像是出现在噩梦中的高楼静静地耸立着，身体本来就不舒服的我看到这些更加难受了。

我被种种负面情绪折磨，即便如此还要坚持盯着检票口，这并不是一件轻松的事，就连西哈诺建议的音乐播放器也忘记带了。

差不多等到十一点半过后，我估计平野先生应该不会从检票口出来了。虽然我选错了车站的可能性比较高，但也可能是他走出检票口时我没看见。如果是第二种可能性，不如我继续留在这里等他回来——

于是我继续等，差不多等到了下午快三点的时候。我这样的身体想要多站一分钟都是挑战。最后我实在坚持不住了，又坐上百合海鸥号，过桥绕圈，无可奈何地回到新宿。

我不知道平野先生有没有回公司，只能在楼下餐饮店的露天场地里找个位置坐下。

西哈诺曾说今天是个关键时点，结果就在这种重要的时候出了岔子。平野先生在我看不见的地方做了什么，或者碰见什么了呢？也有可能什么都没有发生，他只是照常拜访客户，吃饭回公司而已。但不管怎么说，我已经无法为他拍照，给他的行动留下证据了。

我一直在楼下等到五点，结果也没能看到平野先生回来。

我先是气自己大意，然后气临时改变计划、害平野先生回家拿文件的客户，接着再气比平时走得快的平野先生，最后气让我这种外行去跟什么踪的西哈诺。我带着一肚子气坐上了回家的电车。

我软绵绵地站在公寓门口拿出钥匙准备开门。"咦？"发觉情况不对——把钥匙往左转却没有发出"咔嗒"的声响，说明这门根本没有锁。

我一个人住这么多年了，外出锁门已经是最基本的习惯。或许锁门这件事已经变成下意识的行为，应该不会忘记——

我悄悄地推开门，战战兢兢地走进去。明明是自己住的地方，怎么感觉像做贼似的。

一开灯，房间被翻得乱七八糟的样子随即呈现在面前。

虽然我不会总是把房间打扫得干净整洁，但也绝不会把抽屉和收纳盒都打开就这么摊在地上，更何况放小东西的收纳柜整个都翻倒了。

我蹑手蹑脚地走进里间，先是把屋内仔细观察了一番，然后屏住呼吸，打开了门没关严实的衣柜。洗手间和厕所也都猛地掀开门检查。

结果还好，心里的石头总算落了地。小偷没有躲在屋子里。

小偷肯定是趁我不在的时候进来的，现在已经走了。慎重起见，我把屋子又里三圈外三圈地检查了三遍，确认没人后才敢大声喘气。

我感到有微弱的气流飘过——原来是阳台玻璃移门上月牙形的转锁旁边开了一个洞。看来那个贼就是从这里打破玻璃、溜进房间的，离开时则直接走了正门。

梵豪伸着双腿坐在卧室的桌子上，它的脚边放着一个小抽屉，原本放在里面装生活费的信封不见了。我记得大概有四万，不对，三万日元吧。

不过这样我反倒安心了，倒不是说少了三万日元不心痛，而是这起盗难只让我损失了三万而已。和我原本想象中的"令人胆寒的严重事态"相比，倒也不算什么了。

"我们家被闯空巢了哦。"我对梵豪说。

"还好还好。"梵豪依旧用它那略带嘲讽的语气回答我说，"你也没多少钱能偷。"

想想也是，小偷偷完走人，这件倒霉事 "就此完结"，相对来说损失也不大。存折平时我都带在身上，本来也没有珠宝首饰或者名牌包之类的奢侈品。等缓过来之后，我对所有财物又做了一遍检查，除了刚才那笔钱之外并没有少其他东西。

先向房东报告吧，然后再报警——我一边想要怎么说，一边向房东家走去。结果他家里没人，我只能原路返回。

快回到公寓的时候，我下意识地抬头一看，突然感觉视野里有什么东西和平时不一样。等把视线聚焦在那上面时，才发觉果然不一样了。面朝这面的二楼阳台，出现了一个本不应该存在的东西。

A号室，平野先生居住的房间外头，居然有一台空调室外机！在街灯的照耀下我看得很清楚，粗糙的机箱外壳边延伸出一根塑胶管，管子插入窗户斜上方的那个孔洞，塞得严严实实。

这怎么可能！

我在原地痴痴地站了一会儿，四周也没有路人经过。这几天气温明显下降，等我回过神来已经觉得冷了。

如果平野先生在自己的房间装了空调，那A号室墙上的孔洞应该已经堵住了。这个洞本来的功能就是为了安装管道，被堵住也没什么可奇怪的。但让我疑惑的是，一年后的未来，究竟是谁，通过什么途径在 A 号室和我讲话呢？

　　从警署赶来的刑警，是像电视剧里一样穿着土气西装的二人组。其中一位刑警大概三十多岁，长脸上留着胡茬，并且有着一个可爱的名字"水鸟"；另一位看上去二十多岁、个子不高但眼神凶狠的叫砂田。

　　"一楼 B 号室阳台的栏杆上有脚印，看样子他就是踩在那上面，再把什么东西挂在您家的阳台上，顺着爬上来的。"

　　水鸟刑警面对我说明。

　　"一楼 A 号室有条大狗，旁边的 B 号室装了双层玻璃。懂行的人一看就明白。

　　"他大概在一楼把 AB 两个房间都查看了一番，权衡了一下，决定还是上二楼下手。"

　　"虽然一楼的房间看起来更有油水，但小偷比较后做出了妥协。"

　　"砂田。"水鸟刑警瞪了一眼身旁的同僚。

　　"附近接连发生的几起入室盗窃案应该是同一人所为。切割玻璃的手法相同，而且都发生在周三。"

　　"周三？"

　　"对，九月过后，先是临近的 K 市，自上周开始这一带也发生了类似案件。"

　　我想起房东权藤老先生在留给我的信里提起"町内会晤时已论及此事"。

　　"所有案件都是在周三发生的吗？"

　　"嗯，具体来说是周三的下午。而且都是趁单身公寓的住户不在家时下手的。"

　　"那为什么要选周三？"

　　"可能小偷觉得这个时间比较方便吧。或者他平时要打工或者上班，刚好周三休息。有很多店铺都是在周三这天定休。"

　　"我工作的地方就是。"

　　"哦。说不定就是你同事做的。"

　　"砂田！"水鸟刑警这次的口气近乎斥责了，接着他又说，"那今天先这样。"说完便起身要走。

　　我送他们到门口的时候，水鸟又回过头嘱咐道：

　　"那么我们先走了，如果有什么事的话请联系我们。"

　　然后两人朝我鞠躬行礼便离开了。此时的我不禁愕然，因为我想起了上周西哈诺曾说过的话。

　　他当时说不能一直让我帮忙，所以要设定一个期限。之后他就说：

　　——那么，我告诉您一个大致的截止时间。就到有两个男人去拜访您为止。

　　——他们会穿着土气的西装，说话虽然很客气，但可能会让您听起来不太舒服。这两个男人离开的时候，会对北村小姐说"如果有什么事的话请联系我们"。就到那时候为止。

他当时的确是这么说的。

西哈诺是未来人，会知道今天发生的事情也不奇怪。但现在平野先生并不在公寓，我记得其中一位刑警刚才说过："您隔壁Ａ号室的住户好像不在家。"

我看了一眼时钟，已经快到晚上九点了。

不能再傻待着了。我冲入卧室，爬上梯子。九点差三分。我坐在上面回想今天发生的这些事。

首先是跟踪失败，我半途跟丢了平野先生。事后按西哈诺的嘱咐一直等到下午五点才回家。回家后又发现两件事，一是家被人偷了，二是平野先生的房间安上了空调。

为什么几周前天热的时候他不装，结果到入秋的时候才来装？

这不合常理啊。

我坐在梯子上，感觉有风从膝盖下方吹过，那是因为窗户玻璃上开了一个洞。自己的小窝——这个被我下意识当成巢穴一般的"令人安心的场所"，居然被人闯入并且搞得乱七八糟，这比少了几万日元的损失还要让我难受。

但要说受到的冲击的话，Ａ号室装了空调这件事似乎更大一点。那时候我甚至有一种被信任的人背叛的感觉产生。被谁

背叛？是西哈诺还是平野先生？

但那两人本来就是同一个人啊。

我又看了一眼时钟。九点已经过了一两分钟。之前几次西哈诺都是准时出现的。

我将上半身往前倾，耳朵靠近墙上的孔洞，就这么斜着身子坐了好一会儿，那模样就像某个音响品牌的吉祥物小狗。

但我没有听见西哈诺的声音，那个低沉沙哑，有时会很微弱的声音没有对我发出"喂喂，您在吗？"的问候。

这样过了三分钟、五分钟，甚至十五分钟。

我觉得自己再也听不到那个声音了。我感觉那个跨越了一年的维度，按常理来说不可能存在，但又的确存在的超时空连接，此时已经断线。

对此，我觉得很伤心，"这件事"让我非常伤心。

差不多十点左右，我走出阳台。是为了探查小偷是如何进来的吗？才怪——我走到靠近 A 号室的阳台边缘，想要往室内一探究竟。

A 号室阳台离我较远的那头的确安装着一台看样子挺重的室外机，上面还拖着一根白色塑胶管。我带着憎恶之情盯着那台模样普通的室外机。

这时候，原本透光的隔壁窗户突然打开了，平野先生走出阳台，好像要来收晾干的衣物。

　　他此时仍旧穿着早上出门时的那套衣服，看到我正趴在阳台上盯着他，很明显被吓了一跳——嗯，这种情况下我看起来的确比较奇怪。

　　但我也顾不了那么多了，看见他就脱口而出：

　　"你为什么要装空调？"

　　我是用一种严厉，更像是责问的语气在问他。虽然我和平野先生——也就是这个时空的平野先生，至今为止只有点头之交。

　　对方显然蒙了，换谁都会这样吧。然后他怯生生地，又有些意外地说：

　　"呜，请问，有什么不好的地方吗？"

　　听到他说话的声音，这次我是真心感到惊讶。

　　语气柔弱，但声线高亢澄净，不那么成熟，听起来十分年轻。

　　这不是西哈诺的声音。

　　"为什么会这样？"

　　"谁知道呢。"

　　"谁来告诉我答案啊！那个人究竟是不是西哈诺？如果他不是一年后的西哈诺，那么那个自称西哈诺的人又是谁？"

　　"不清楚啊。"

我脑子已经被问号挤爆了。但在这种时候，我除了小布熊梵豪，没有一个能商量的对象。

　　还好有问有答，虽然梵豪的那些回答也实在称不上"答案"。

　　"只会说'谁知道，不清楚啊'之类的话。"

　　"大概吧。"

　　"明明上次还自信满满地说了那么多，怎么这次就一问三不知了。真是太不靠谱了！"

　　我知道自己是在毫无理由地乱发脾气，但也管不了那么多了。

　　在阳台上听到的平野先生的声音显然不是西哈诺的。

　　"高亢澄净"和"低沉沙哑"之间有质的区别，另外，两人说话的方式也不一样。刚才听到的那个声音小心翼翼、战战兢兢，生怕我会吃了他似的。但回头一想，这个声音和之前在楼道里第一次碰见平野先生时，他支支吾吾的回应声大致相同。

　　而另一边，从空调管道孔里听到的声音则自信满满、充满魄力，也更游刃有余。

　　所以西哈诺不是一年后的平野，而是另外的人。

　　应该是这样。不对，不是应该，不这样还能是哪样？虽然有些意外，但感觉自己其实早就接受了这种解释。

　　那么，这个人是谁？还有，他为什么要这么做？

　　啊呀，好麻烦。我抱着脑袋打滚的时候突然门铃响起，有人来了。这会儿会是谁啊？难道是警察又来了吗？我一脸疑惑地按下对讲机。

"我是 A 号室的平野。"

是刚刚才听过的，那个高亢澄净的声音。

"哦哦，啊。"

"您方便的话，可否——"

我走到门口打开门。

"您刚才问话的方式是不是有些不妥啊。"

穿着家居服—— 一条绿色的松紧长裤加暗黄色 T 恤衫的平野先生盯着我没好气地说：

"您说得没错。我的房间的确装了空调。是公司离婚回老家的前辈不要送给我的。"

他似乎被我刚才在阳台上的那句责问给气到了（莫非是反应过来后越想越气？），所以跑来抗议。

"我本来就想装空调来着，今年夏天差点热死，只是买不了才忍到现在。最近好不容易白得了一台，我就趁周末装好了。

"难道我不能装空调吗？一楼的人都装了。而且我们房间的间隔这么远，就算声音有点吵，会有热风往外吹，也根本不会影响到您那边吧。"

"嗯嗯，是不会影响。"

"那装不装空调就是我的权利。不管您怎么说我都不会拆的。"

这态度表达得真是干净利落啊。想不到看上去人畜无害的平野先生会对一个连招呼都没好好打过的邻居说这种话。

"我同意，您当然可以装空调。"

对于我同样干脆的回答，平野先生好似拳头打在棉花上一样，看着我的脸欲言又止。

"您是不是碰上什么事了？"他好像考虑了很久才问。

"啊，对不起，我不是在和您套近乎。"他又恢复到最初给人的印象，变得唯唯诺诺，"我俩又不熟，这不是我应该问的事。"

"其实，我家被人偷了。"

"啊？那真是对不起。我不知道您家出事了——"

就算我家遭贼了，但也没有指责邻居装空调的权利啊。他实在不用为此道歉。

虽然是个怪人，但不是坏人。这是我现在对他的印象。要不和他聊聊吧，或许还能了解些情况——

"请问——"我先开口吧。

"什么？"

"不好意思，有些事想问您——"

"是和入室行窃有关的事吗？"

"嗯嗯，是的。"

这个话题或许可以成为两人交谈的契机。

"请问——"

平野先生一双轮廓分明的大眼睛眯成了奇怪的形状。

"您不会是在怀疑我吧?"

"那当然不是!"

这个人绝不会是"周三下午在这一带活动"的小偷。上周和上上周也是,我很清楚他基本上都在山手线内侧转悠。

"方便的话,进来喝杯茶聊聊好吗?"

我就像之前仓先生邀请我时那样,尽量用自然轻松的语气对他说。

平野先生警惕地看着我,看来他也是那种被女性主动邀约,就会怀疑对方是不是"想做推销"的人。他表现出了明显的犹豫,想了一会儿才用高亢澄净的声音说:

"那我就打扰了。不过天不早了,我坐会儿就走。"

平野先生——这些天来,我一直跟在屁股后面跑的人,终于踏入玄关,走进了我住的房间。

我把红茶端到餐桌上(不是仓先生家那种高级红茶,是我在附近超市买的袋装茶包)。

"这个,怎么说呢。"

"啊?"

"您一定吓了一跳吧。发现家里被偷的时候。"

依旧是那种唯唯诺诺的语气，但说的话倒还像样。

"嗯，是啊。"

"损失严重吗？"

"少了一些现金，大概三万日元左右。"

平野张着嘴好像在发出"啊"的感叹，但没有出声，只是点点头表示理解。

"哇，那真是太惨了。"

感觉他经济上真的很困难，三万对他来说就像一笔巨款。

"对您来说或许是破财消灾。小偷拿到了万元以上的现金，心里也满足了。他可能觉得'不多但也赚到了'吧。"

喂喂，说得你好像很了解小偷的心理似的。

"我听说如果小偷什么也没偷到，就会心里不爽把房间和家具破坏得一塌糊涂。"

这种事他是怎么知道的？

"您说得也对哦。"我将话锋一转，"刚才真是非常抱歉。"

请他进来喝茶是一个正确的选择吗？这个疑问一闪而过，但还是先道歉再说。

"我说了些很不得体的话。就是和空调有关的那些。"

"哦哦。"

"您一定觉得我这么说很奇怪吧。"

"啊，这个嘛——"坐在椅子上的平野先生显得有些紧张。

"会这么说我是有原因的。其实请您来，也是想和您说说这件事。"

"哦——"

"这事说来话长，而且有些复杂。"

平野先生又开始用警惕的眼神抬头看着我。他点点头喝了口红茶。

这要从何说起呢？我一下子感到很迷茫。思前想后，我觉得还是不要拐弯抹角，直说比较好。

"这件事是从这个月开始的。"

"嗯嗯。"

"我的爱好是摄影。在晾冲洗好的胶片的时候，我会坐在那架梯子上——"

我抬手示意他望向房门半开的卧室。

"梯子旁边不是有个装空调管道用的洞吗？那天我听见里面有声音。"

"声音？"平野先生露出疑惑的神色，"有人在阳台上吗？"

"不，不是的。"

我像要跳水似的先深吸一口气，然后一口气说道：

"我从那个洞里听到了声音。那个洞的外侧被塑料盖子盖着，是被堵死的。

"但那个洞里传出的声音说他来自未来，还让我去确认洞里洞外有没有别的装置。

"于是我走出阳台看了一下。外面的确没有人，洞口也没有安装任何电子设备——"

开口的一刹那我就知道完蛋了，这话我自己听都觉得说话的人脑子肯定有问题。

"来自未来的人对您说话。"平野先生用奇怪的腔调重复了一遍我说的内容，"您刚才是这个意思吧。"

"嗯嗯。"

平野先生把一直拿在手上的红茶杯放回桌上。从眼神得知他好像很后悔喝这杯红茶。

我很理解此时他内心的想法，不过既然开了个头索性说到底吧。

"那个声音告诉我，他是在一年后的二楼的Ａ号室内和我通话的。

"一年后的Ａ号室墙壁上的空调管道孔，和我的房间里墙上的那个管道孔之间——通过四次元连接在了一起。"

平野先生有一刹那露出了吃东西噎住了似的表情。

"您说二楼的Ａ号室？"

"是的。"

"为什么是Ａ号室？"

我把从西哈诺那里听来的话大致重复了一遍。

　　"他说地球的公转周期并不是三百六十五天整。今年和明年产生的偏差，刚好就是这栋公寓的两个房间——也就是两个房间墙上的两个空调管道孔之间的距离。"

　　"这真是胡说八道。"这是平野先生听后的反应，但感觉他不是在反射性地发表感叹，而是有理有据地提出异议。

　　"第一，您不觉得奇怪吗？先不管宇宙空间中是否有绝对'位置'，地球的公转周期也不是三百六十五天整，的确会和一年后产生微弱的'偏差'。

　　"但每四年就有一次'闰年'啊。今年就是闰年，闰年就是为了修正这种偏差而存在的。"

　　"哦，也对。"

　　我点点头。经他这么一说我想起来了。学校里好像学过——而且不是高中，是上初中之前就学过了。

　　"既然四年产生的偏差用一天就能修正，那一年实际上也只能产生一天的四分之一的偏差。地球绕太阳一周的距离，嗯，一千四百六十分之一。大致算一下应该就是这样。"

　　"平野先生以前参加过地学或者科学兴趣小组吗？"我突然问道。

　　"哎？为什么会这么问？"

　　"我想你应该参加过类似的兴趣活动，不然一千四百——

之类的数字怎么会脱口而出呢。"

"这也很平常吧。"他用上次半道上被狗给缠上时的耐心解释给我听。

"我刚才说的只是一年的天数，三百六十五天的四倍。百位数乘以四的计算我可以心算，我的工作经常会用到这类计算。"

"哦哦——"

"我知道了，那一年间地球位置的偏差是多少呢？"

我不知道地球绕太阳一周有多长，但是就算用这个数字去除以一千四百多——

"肯定也是非常长的一段距离吧。"我说，"绝不会是这种房间与房间之间以米来计算的长度。"

"那是当然了。"平野先生理所当然地说，"光凭这一点，就能看出他在胡说八道了吧。"

这么快就得出了结论，也不知道是因为平野先生太聪明了还是我太笨了，或者两者皆有。

"所以我看，那个说话的人应该就是个大骗子。如果——"

他后半句话没说出来，但我明白他的意思。前提是我说的是真话，而不只是妄想。

"还有啊，二楼的 A 号室不是我住的地方吗？我今年春天才刚搬来，根本没想只住一年就搬家。"

"但是他——"

"怎么了？"

"那个人，他说他就是未来的平野先生。"

平野先生上半身猛地向后仰，椅子发出尖锐的摩擦声。

"我？"

"是的。"

"那么——"他大概感觉到事情有些诡异，不禁皱起眉头，微微地摇了摇头。

"那个自称是'未来的我'的人，他找你有什么事吗？特意用这种方式来和你说话。"

"他希望我去跟踪平野先生——"

"啊？"

"他让我跟踪过去的自己，也就是平野先生，还让我拍下照片。但不是每天，每周的星期三就可以了。我刚好星期三那天定休，所以——"

平野先生睁开眼睛，用力地摇起脑袋。

"他想让我做这些事，还说这样做就能给未来的自己帮上大忙，为此他还拼命求我来着。"我继续说，"嗯，当时他的口气很严肃也很诚恳，我就想平野先生是不是卷进什么麻烦事里了。

"因为这些麻烦事，他蒙受了不白之冤，所以后悔没能在当时留下证明自己的照片。所以才找我帮忙。我想的就是这样。所以——"

"怎么可能……"平野先生目不转睛地看着我的脸。

"那你真的跟踪了吗？"

"嗯。"

"不敢相信。"他喃喃自语，"你说星期三，就是今天？"

"是的。但今天早上我就跟丢了，后来也一直没跟上。今天这次算是失败了。"

"你说今天这次失败了？"他一边看我的脸一边问，"那上周那次就成功了吗？"

我点点头。

"上上周也是？"

"是的，上上周是我第一次跟踪。"

"你究竟，究竟为什么要——"

"因为是西哈诺，就是那个声音的主人让我这么做的呀。"我拼命向他解释。

"我怎么知道呢，如果我知道平野先生和西哈诺不是一个人，看到就拒绝了。但是我想'既然本人这么拜托我，帮个忙也没关系'——"

平野先生半天也说不出话来反驳我。

"我仔细想了下，的确有地方不对劲。"我想起一件事，于是说道。

　　"比如上上周，我跟踪的时候看见你捡了一块水泥块。我和他说起这件事，他含含糊糊地就把我敷衍过去了，还说都过了一年，不记得了。

　　"现在看来，那不是不记得。是根本就不知道吧。不过平野先生，你为什么要捡一块水泥块呢？"

　　平野先生用力吸了一口气，我看他是想用这口气压住快要涌出的怒火。

　　但吸了一半又憋住了，缓缓地低头吐了出来。他抬头盯着我慢慢地说：

　　"也许你看到我做了一些你不能理解的事情。也许你上周、上上周真的做了跟踪我——这种荒诞的事。但不管怎么说，无论你看到什么都和你没有关系，而且我也没做坏事，所以更没必要对你说明。

　　"至少不需要在这里，向你——向你这个被莫名其妙的家伙鼓动了两句，或者仅仅是因为脑内妄想，就会去跟踪他人的——不明事理的人进行说明。"

　　我听得出，他原本想用更严厉的措辞但还是忍住了。

　　"那个声音不是平野先生，我听出来了。"我看他就差没当面向我发火了，只能硬着头皮往下说。

　　"和你说过话后，发现你们的声线完全不一样，还有一些细节也不同。会搞错是因为之前都没和你好好说过话。

"总之，是我做错了。我要道歉！对不起！但有一点，就是那个声音的确来自未来，这一点不会有假。"

有没有什么办法，至少能让平野先生相信西哈诺真的来自未来？

应该——没有吧。等等，有的。

"请稍等一下！"

我走向书桌，去拿上周记录新闻的笔记本。西哈诺以往口述的新闻标题只有接下来一周的内容，上周他却告诉了我十天的份额。

现在看来，或许他是故意多加了三天，虽然他随口说是赠品。其实这三天的新闻标题是在我和他无法联系的时候，为了让别人相信而特意准备的。

"这就是我刚才我说过的，记录新闻标题的笔记。"我把本子往平野先生面前一推，平野先生却把手缩了回去。

"这是上周三写的，您应该看得出来，和到今天为止的内容完全吻合。从这里开始，就是明天会发生的事。"

平野先生的手不动了，我趁机把本子塞进他手里。

"这里面还记载着'未来'三天会发生的事。"我说。

平野先生流露出惊恐的眼神——但他还是拿起了笔记本。也不知道他这么做是真的感到好奇，还只是敷衍一下我这个脑子有问题的女人。

"如果这上面有一条与现实不符，我就不再做任何解释，您愿意怎么看我都没问题。但如果都对上了的话——"

"对上的话——"

他看看我又看看笔记，好像来了兴致般重复了一遍我说的话。

"那时候，可以再来找我吗？"我用祈求似的口气问道，"我有很多事想问，也有很多话想对您说。"

平野先生不置可否地点点头，然后起身，斜着身子向门口移动，似乎在防备身后。他离开时的脚步依旧松松垮垮，手里的笔记本却攥得很紧。

三天后的晚上，平野先生摁响了我家的门铃。这次他换上了这个季节该穿的衣物，深绿色的加绒衬衫和黄绿色的长裤。

"那么——"我开门看到他便开口问道。

"嗯？"

"您是有事问我，还是有事想告诉我？"

平野先生走进房间。和上次一样，我俩面对面坐在起居室的餐桌旁，开始讨论起这件事。我首先把我见过的和知道的事都说给他听。

他时不时会插上一两句"真不敢相信"之类的和上次一

样感叹的话，但语气完全不同。看来他已经把前三天的新闻都核对过了，现在处于刚刚经历过冲击还没缓过神来的状态。

我也经历过从根本不相信到开始相信，最终完全相信西哈诺是未来人的这个过程。对他的态度也前后大相径庭。

"我想过了，如果用那种方式来预言未来——"

等我的话告一段落，平野先生开始发表自己的感想。

"对于那种不只是说，而是用行动来证明自己能够预言未来的人，不管是谁都会对其产生无条件的敬畏感吧。所以北村小姐才会相信他那一套胡说八道的理论，之后他再说什么您也相信。

"地球的绝对位置一年产生数米的偏差，让您去跟踪一年前的自己。如果是理性的人，一般情况都不会相信也不会去做吧。"

这次我泡的红茶，他肯定喝得很放心。

"但是，这几天我对比了报纸和您的笔记，让我原本的想法产生了很大改观，再加上前几天您对我说的那些话。我觉得——"

"您怎么看？"

我满怀期待，他应该比我聪明许多。即便他也不知道西哈诺究竟是谁，但应该能做出更合乎逻辑的推测。

"首先，这个声音的主人——也就是北村小姐口中的'西哈诺'，他在说谎。我不是不相信他未来人的身份，只是觉得除此之外他都在说谎。

"我们第一个能确定的是，他的真实身份不是我，也不是 A 号室的住户。"

"不是 A 号室的住户？"

"对，因为一年后住在 A 号室的人肯定是我，一个和西哈诺无论声音还是性格都完全不同的人。我今年才刚搬过来，而且这里的环境和租金可以说是物美价廉，我没有理由只住一年就搬走啊。

"另外他说他墙上的空调孔是被塞住的，这一点就和现实不符。我可是非常怕热的，天太热连食欲都没有。不过我也不是不怕冷，啊，这个无所谓。

"这个夏天我是受够了，现在好不容易有了这么一台空调，根本就没想过要去拆掉。"

"原来如此。"

我明白了，另外也知道了平野先生原来十分怕热。既然这么怕热为什么不在夏天开始之前就装空调，看来他没有钱。

"那么，您还看出什么？"

"看出什么？"平野先生反问道，"看来我还是说得简单些吧。那个叫西哈诺的家伙其实是在一年后的 B 号室，也就是您所在的房间和您说话。"

　Ｂ号室？我糊涂了。平野先生放下杯子，朝我探出身子解释道：

　　"我之前说过吧，什么公转周期，以及位置偏差之类的话根本就是胡说八道。"

　　"这个我已经知道了——"

　　"如果说这个房间墙壁上的那个洞，一定要和一年后的某个空间重叠的话，那也只能是和同一个房间内的同一个洞。所以产生偏差的只有时间，而不是空间。"

　　"不对啊。"我提出异议，"我也没有要搬家的打算啊。我也是刚刚搬过来，而且觉得这个地方不错。"

　　"话是这么说，但一年的时间，会发生什么变化谁也不能保证。比如说，这栋公寓的房东不是喜欢定规矩吗？某天他又想了一条新的规矩：只允许单身租客租住。

　　"一年后的北村小姐或许已经结婚了，所以就不住在这里了。"

　　"道理是这个道理——"只是考虑我目前的状况，这根本是八竿子打不着的事。

　　"但这对平野先生来说不也是一样的吗？"

　　"不不不，这种事和我无缘啊。我怎么可能——"

　　他用力地摇摇头。我见他这副模样，虽然有些失礼，但觉得他的确不太可能在一年内结婚。

　　不管是男人还是女人，只要颜值够高就容易被异性喜欢，但也有一些明明是"帅哥美女"的人却不太有异性缘。面前这位平野先生应该就是了。喜欢发牢骚，不修边幅，讲起道理来一套一套的，有时候又非常固执。

　　"像我这种不讨女人喜欢的人，又怎么会去结婚呢？不仅如此，我身上还有债务。

　　"我本来是和中学同学一起住的。那时在东京与他偶遇，觉得也是一种缘分。从一开始的相互问候，到打听近况，谈着谈着就变成了室友。

　　"那家伙说他是晚上工作，时间刚好和朝九晚五的我错开。于是就提议房租一人一半，住在一起也不会相互干扰。我当时觉得不错，另外也因为某些原因，想和做他那行的人有所接触就答应下来了。"

　　什么原因？我有些不明白。

　　"谁知道那小子居然用我的名字去借钱。"

　　喂喂，我们在讨论的不是这个好吗？我看他还想继续往下说。

　　"他偷拿了我放在房间里的保险卡，等我发现的时候借的钱已经变成一笔巨款。还好大部分都不需要我还，但我也有过失，所以必须偿还一部分。哎，也怪我不好。因为我刚才说的那个原因，我想利用他，结果就遭报应了。再气也没用，只能认栽。

"那一部分钱后来是我的一个亲戚先替我垫了。那位亲戚的钱我是一定要还的，一下子拿不出来我就每个月分期付给他，这是理所当然的事。

"因为这样，我过得很辛苦。但唯独在住房这方面，因为有前车之鉴，我无论如何都要选择单住，所以最后就选了这里。

"付完房租后我就没什么钱了，空调自然也买不起，这年头我连自己的手机都没有，所以说啊——我们说到哪儿来着？"

"……您说您不打算结婚。"我说。

"对对，反正我没打算搬家，因为搬家要花钱，至少要等我还完钱才会考虑。那起码要等到后年吧。

"啊。不好意思。我好像一直都在说自己的事。"

你才反应过来是吗？看来"长得帅也不讨女人喜欢"的理由又可以加一条了。

"我们继续说那个自称西哈诺的家伙的事。他好像对这栋公寓的情况很了解？"

"嗯，也知道房东权藤老先生的一些事。"

"那还有呢，比如关于我的？"

"对，他知道很多您的事。什么时候上班，什么时候出公司，是去客户公司拜访还是约在外面见面，两种情况各占一半。

"还有一次我和您在楼梯间见面，结果您'没有好好地和我打招呼'之类的，杂七杂八的事都是他告诉我的。"

"连这种事情都知道啊——"

"是谁您心里有数吗？"

"没有。"平野干脆地说，"虽然没什么好拿出来讲的，但我这个人没什么朋友，就算有朋友也不会像刚才那样滔滔不绝地说这么多。

"工作上的事同事当然知道。但他们应该不清楚房东权藤先生的家庭情况。"

"但这样说的话——"

那符合西哈诺条件的人就根本不存在咯？

"不，不。"平野先生又摇摇头，"北村小姐您忘了一件事。"

"什么事？"

"西哈诺这个人，是来自未来的人。现在或许没有符合他条件的人出现，但不能保证未来就不会生出这样一个人啊。

"我这里的'生出'不是诞生的意思哦。"

"这我明白。"

"我是说，现在在别的地方，这个还未变成'西哈诺'的人，或许在这一年中会渐渐变成'西哈诺'。现在和我没有任何交集的人，或许在一年后就变成了我认识的人，然后会对您做出之前您说过的那些事。"

"所以我觉得他就是未来 B 号室的住客——北村小姐您肯

定搬到别的地方去了，他是在您之后搬进来的。我是这么觉得的。之后他只要和住在隔壁的我混熟了，就很容易问出他说的那些事，这其中当然包括权藤先生的家庭情况。"

"一年后，这个人就在这个房间里，对一年前在同一个房间里的我说话吗？"

我缓缓地问。其实这句话有一半是说给我自己听的。我觉得平野先生说得有道理，两人身处同一房间，但跨越一年的时间进行交流，听上去更合理——

"是的，就是这样。但不知道他是偶然发现了时空偏差，然后加以利用呢，还是这个人本身就拥有超能力，制造出了时空连接。"

我把胳膊支在桌上，双手捧着茶杯，身体往前倾。红茶的温度从指间晕开。

最后一次完成跟踪平野先生那天（准确地说并没有完成，中途就失败了）——我家被盗了，西哈诺并没有如约在晚上九点出现。我和平野先生的第一次正式交谈已经过了三天，时间已经进入十月。离天冷得发抖的日子还早，但夏日的酷暑也已成为回忆。

"有一件事我始终想不通。"

"是什么？"

"刚才您也说了，西哈诺这个人是之后才搬进公寓的住客。

他和平野先生认识后，你们就会交流。但按照您的个性，你们并不会深交——我说得没错吧？"

"我个人是这么觉得的，没错。"平野先生说。

"那么就奇怪了。"于是我说，"那这个西哈诺为什么要做这种事呢？"

"这种事？"

"嗯，准确地说是让我做那种事。"

"是指让您跟踪我吗？"他皱着眉问。

"是的，就是这个。"

"这件事应该没有什么意义吧？"

"但没意义的事他为什么要让我去做？"这个问题我非要搞明白不可。

"那北村小姐您觉得有什么意义？让您来跟踪我。"

"一开始——在我还以为西哈诺就是您的时候，我觉得他是要不在场证明。我之前也说过吧，今年可能会发生什么事，结果您因此受到了怀疑，为了洗清怀疑就需要当时的照片。我是这么想的。

"但现在既然知道了西哈诺不是平野先生而是别人，或许就要反过来了。"

"反过来？什么意思？"

平野先生眼角向上一翘，露出像是自嘲又像是在嘲笑我的眼神说：

"我懂了。您的意思是说我成了某个案件的嫌疑人，有人想取得我的罪证，所以拜托您去拍照片取证是吗？"

我低下头，没有立即回答。平野先生轻轻叹了一口气说："这也太扯了吧。"接着他开始用教训的口吻对我说：

"不管是不在场证明也好，还是反过来要取罪证也好。想要证明九月的某天我在哪里，根本犯不着费这么大劲，直接找人问话就好了啊。

"我外出都是拜访客户，所以找那些客户打听就行了。根本没必要特意派人跟踪拍照。"

他说得的确没错，而且派我这种外行去做根本就是事倍功半。

"而且从您的叙述中我得知，北村小姐您莫名其妙的三次跟踪中——"

"顺利的只有两次。"我补充，"第三次到新宿的公司后就结束了。"

"好吧，两次跟踪。就算两次也很无厘头好嘛。我还没说完呢。在您两次跟踪的时候，看到我做了一些古怪……不同寻常的举动，然后还拍了照片。"

他说到这里的时候表情有些痛苦。

"仅仅因为这样，您就觉得我在从事犯罪活动吗？"

"我只是觉得。"我说。

"不要您觉得好吗？"平野先生急躁地开始抖起腿来。

"这都是不值一提的小事，和犯罪根本没有半点关系，本身就没有任何意义。怎么会有外人——还是个一年后的未来人——会让您拍下这种照片，记录下来呢？不可能，不管怎么想都不可能。"

我不说话。

"既然是不值一提的小事，"平野先生又说，"您是不是想问，为什么不解释给您听呢？"

"那您愿意解释吗？"

"不愿意。"

平野先生果断地摇摇头。他把椅子稍稍向后移了一点，然后站起来说：

"谢谢您的茶。我相信北村小姐说的话，就是西哈诺是未来人这件事。还有，您能告诉我这样一件世间罕见的奇事，我也要感谢您。

"那么，跟踪这件事我也就不再追究了。您看可以吗？作为隐私受到侵害的一方，我不再深究此事，但也请北村小姐再也不要做这样的事了好吗？"

他站在我的房间里，带着高压的气场俯视着我。哼，拽什么嘛，上下一身绿，就像只趾高气扬的蝈蝈。我也抬起脑袋盯

着他的眼睛，他果然不是西哈诺，西哈诺又怎么会用这种态度
对我。

就算聊到了自己不想触及的话题，西哈诺也会用更好的方
式把它岔开。不过这也可能是因为两人没有面对面的关系。

再看平野这小子说变就变。我还以为他是一个谨慎小心的
老实人呢，谁知道说翻脸就翻脸。他就缺少一个成年人该有的
稳重感。

他既不是西哈诺，也不是周三我跟踪时想象中的那个人。
那时候我觉得他还挺好玩的，有点可爱。跟踪时能看见他的头
发被压出独特的形状，是极易辨识的标记，而现在面对面，就
看不见他后脑勺上乱七八糟的呆毛了。

仔细想想，他会生气也不是没有道理，我完全能够理解。
只是他生气的方式让我难以接受。那种神经质的，盛气凌人的，
好像抓住了小尾巴就要把人抛到天上去的感觉。

他似乎无视了正在酝酿怒意的我，准备朝玄关走去。

"阳台修好了，真是太好了。"

大概是为了缓解现场不快的气氛吧，他总算说了一句听上
去还比较顺耳的话，让我对他的印象稍稍改观。

"是房东叫人来修的，还加装了防盗装置。"

"真是飞来横祸，那天如果您没有去跟踪我，待在家里就
好了。这种人事前都会来踩点，有人在家的话就不会下手。

"不过谁知道呢，说不定那天您会出门有别的事，家里一样没人。难得休息是吧。"

"如果不跟踪的话，那天我应该在家。因为身体不舒服，或许会在卧室里躺一整天。"

"那样的话——"平野先生欲言又止，露出一副难以形容的表情。

他这个样子，和我跟踪时见到的他见客户时，以及刚才谈话时都不一样，好像心思已经飞向天际，根本不在身体里。

"怎么了？"

"不，没什么。"

平野先生带着和刚才一样的表情，像看一个陌生人一样看着我。

"那我先走了。"

他轻声道别，朝我点了点头，然后转身离去。没多久就听见 A 号室传来开门关门的声音。

翌日，我下班回来的时候看了一眼公寓一楼的邮箱。虽然周日邮递员不会来送信，但这已是我的习惯。

我看到邮箱里有一个厚厚的白色信封。封口整整齐齐，上面没有贴邮票，只是用细头的签字笔写着"北村小姐收"几个字。笔迹也很纤细。翻过来，发现后面写着"平野进"这个名字。

我回到房间，坐在餐桌前开始读信。读到一半觉得气闷便去开窗。我在窗边站了一会儿，又关上了窗户。

这封信的几张内页是用文字处理软件写完后打印出来的，其内容如下：

敬启者：

突然来信，还请见谅。写这封信时是星期天的白天，我想北村小姐您正在上班吧。

昨天夜里，我想起北村小姐所说的话，思考过后得出了一些结论。西哈诺这个人究竟是谁，虽然我们猜不出他的真实身份，但我或许已经猜到了他的意图。

但在猜到之后，我又在为该不该告诉您而犹豫。最后还是决定要让您知道。不过在此之前，我有些事想向您说明。

如您所见，我表面上是一个上班族，私下里我却在为成为小说家而努力，目前也正在写参加新人奖的作品。我把自己的想法告诉房东权藤先生，也勉强能够上他制订的"从事艺术活动"这一条规定。

得到了入住资格，但我再三请求他不要对他人提及此事。毕竟我不是仓先生那种接受过正统艺术教育的专业人士。像我这种没有任何履历，仅仅是"志向成为小说家"的人，把梦想挂在嘴边实在是太丢人了。

我目前正在写一部带有悬疑和推理色彩的作品。这部小说涉及犯罪事件。

之前北村小姐您在跟踪我的时候看到我做的怪事，比如捡水泥块放进包里、被工地的保安怀疑问话等，其实都是我在为创作小说收集素材。

具体来说，我想知道偷偷进入工地要费多大劲，比拳头稍大的水泥块有多重，以及在挥动时的触感。这都是为了在写作时更有真实感，所以我会尽可能地去自己体验一下再写进小说里。

我只是一个热衷于写作的人——虽然会做出在外人看来奇怪的举动，但我绝对不是什么坏人。有志于成为小说家的人，想象力或者妄想力会比较发达。希望您能明白，然后继续看下去。

前面啰啰唆唆地写得太长了，那就进入正题吧。

如之前所说，我不知道西哈诺此人的真实身份，但我考虑是否可以根据他做的事和这些事引起的后果来推测出他的意图。

那我们先来回忆下他做了什么。首先，他自称是未来的我，也就是一年后住在二楼A号室的平野。然后他让您跟踪我，并且拍下照片。每周一次，但必须是星期三，即便在途中跟丢也不能放弃，一定要回到我公司门口等到下午五点。这些都是他给您的指示。

但我在上周也说过了，西哈诺这个人并非二楼 A 号室的住户。地球绝对位置产生偏差的说法也是胡说八道。不同的只有时间，空间是相同的。他是在一年后的 B 号室内和您说话。

如此看来，西哈诺应该就是一年后 B 号室的住户，或者是有机会能进入 B 号室的人。

那么我们就可以知道两件事。第一件，北村小姐您一年后已经不住这里了；第二件，西哈诺并不是我。不管他是谁，总归不可能是我或者仓先生，因为房东禁止在公寓内换房间。

也就是说周三的任务，并不是您一开始想的那样——未来的我为了自身的利益（寻找不在场证明）而拜托您去做的。

如果不是为了救我，而是为了害我，那这个人特意从未来拜托您跟踪我，是不是希望您在此期间发现我的怪异行为，将我认定为犯罪者，然后去告发我呢？也不是没有这种可能性。

然而我的那些怪异行为，就像我在开头写的那样，只是为了写小说收集素材而已，那就不可能是犯罪。特意去关注这种事，然后还记录下来的人我想应该也没有吧。

由此来看，他派给您这样一个任务，目的既不是证明我无罪，也不是揭发我有罪。或许简单地说，任务中有没有我都没有关系。

西哈诺关心的焦点并不是我，那会不会是在这个事件中的

171

另一个登场人物，也是唯一需要关心的对象呢？

在我看来，这个人就是您，北村小姐。

在他看来，只要派给您一个稍微具体一些的任务就可以了，最好有一点难度，这样还能引起您的好奇心，但不能有危险。"跟踪"这个任务就符合以上几点。

不知您是否听说过，在推理小说中有个说法叫作"难以理解的工作"。通常是某人接受了一个工作，这个工作要做的事非常古怪，但因为可以获得很高的报酬，加上那个工作也很简单，某人便会答应去做。其实那个工作的内容无关紧要，重要的是让被委托的人外出——也就是特定的时间内他必须不在现场，这就是凶手也就是委托人的目的。

这次这个小偷就是趁您不在家的时候入室行窃的。如果西哈诺是小偷，那他的目的仅仅是为了偷三万日元，就大费周章从未来给您指示，让您在他行窃的时候外出吗？

我想肯定不是。

这就让人想不明白了。西哈诺这个身处未来的人，为什么要特意把您给支出去，让您家那天没人呢？

关于这个问题，我想到了一种可能性。

昨天我走的时候，听您说起周三那天身体不适，如果不是西哈诺派您外出执行任务，可能会在床上躺一天。

果真如此的话——北村小姐上周三没有外出，一直躺在床上睡觉。

这时有个小偷想要进来偷东西，他先爬到二楼的阳台上看看家里"有没有人"。因为您睡着了所以屋里没动静。就算他看得到床，北村小姐那么纤细的女生盖上被子后也不太明显。

于是他认为没人，就破窗而入了。如果这时候您醒过来发现他了呢？

您觉得会发生什么？

肯定会产生非常严重也不可挽回的后果。这一后果也是某个未来人，无论如何都想要改变——或者想让它"不曾发生"的事。

接下来我要说的事可能过于残酷，会让您听着不舒服。

或许，您会被那个以为家里没人的小偷杀害。

犯过罪的人通常会在身上携带刀子。听说他有可能是多起盗窃案的嫌疑人，那他就更怕被人发现了。

入室盗窃被屋主撞个正着就把屋主杀害的凶案已经发生过不止一次，我的印象里就有好几起，所以这回是同样结果的可能性很高。或许应该说，其实这件事已经发生过了。

我想，在另一条时间线上，您已经被害了。所以这个自称西哈诺的人物，就想要改变这一结果。

我们眼中身处未来的西哈诺干涉了过去，也就是隔时空救未来。曾经发生的事——对他来说是原本的现实消失了，出现了另一个他创造的现实，但与此同时，他也随之消失了。

这或许是我的突发奇想，或许是我这个想当小说家的人的过分脑补——如果这种假设成立，那很多事都说得通了。例如让您跟踪我的真实动机，以及跟踪为什么要限定在周三这一天的理由（听说这个小偷只在周三出来作案）。

您大概觉得我在夸大其词。上周三，本来——在既存历史中，应该发生某个事件。这点或许没错，但未必是我刚才说的那件惨案。

但西哈诺这一人物干涉过去的行为却是事实。一个人要达到目的甚至不惜为此去改变历史，如果不是有什么重要的原因我想是犯不着的。

我没有和他接触过，他是怎样的人我也不清楚，但应该是一个因为您的"被害"而感到悲伤，痛定思痛过后，怀着极大的信念想要改变过去的人。

之后他也真的这么做了。他住进您之前住的B号室。让墙上那个马克杯大小的孔洞与不同时间点相同位置的孔洞相连接。虽只有一个马克杯大小的空间，却由此产生了奇迹。

做出这些事的西哈诺，或许是北村小姐您已经认识的人。他不可能是您在事件发生后认识的人（为什么这么说，如果我刚才的猜测没错，在原本的时间线上，北村小姐您已经不可能在那天之后"再认识别的人"了）。

以上便是我所设想的可能性。您当然可以无视我的说法，就当我是个傻瓜在胡编乱造，这是您的权利。

只是我觉得我有义务把我想到的告诉您，所以写下了这封信。

原本我觉得这是多此一举，这种事还是不写的好。但后来想了想，觉得还是写出来比较好。这样才对得起那个西哈诺所付出的努力，对您来说也是一种诚实的表现。

读到这里您已经生气了吧。当然这也是您的权利。您想来找我抗议抱怨都没关系，就算狠狠骂我一顿也行，就像周三晚上您抱怨我为什么突然装空调一样。

既然我把这些都写了出来，无论您有何种反应，吐苦水也好，表示愤怒也好，我全都接受。打电话也可以，这是我的电话号码。晚上九点，或许迟一点十点左右我会在家。

长文如扰，敬请见谅。

平野进 敬上

042-***-****

- 5 -

如果相信平野信上所写的内容，那我就是"已死之人"了。

我当然知道我没死，当然也不是幽灵。但要与复生僵尸和不死亡灵相比，这个说法比较好听一些。

当然，我没必要完全相信信上所写的内容。但当我得知西哈诺的目标不是平野先生而是我时，的确让我感到意外。这是我一直以来的盲点，倘若换一种视角，会发现很多事一开始就搞错了。

整个九月，平野先生白天工作，空闲的时候写写小说。为取材而做的那些怪事，即便没有来自未来的干涉（我的跟踪）也不会发生变化。反而是我，如果没有西哈诺的指示，有些事我绝不会去做。

西哈诺在"改变过去"。不是别人的，而是我的过去。因为他有一个非常重要的理由。

平野先生的信并没有让我如释重负，反而让我不想去面对。

但我也没有把他的信揉成一团丢掉，而是放进了梵豪坐着的桌子的抽屉里。

当我把信收起来的时候，我突然对特意写这封信的平野先生心生怨气。你想当小说家的话，就乖乖地去写你的新人奖参赛稿啊。管它是悬疑小说也好，推理小说也好，就算是科幻小说也别来烦我啊。

不管是想象力还是妄想力，都请在自己的小说中充分发挥。没有人会抱怨你的——就不知道这样写出来的作品好不好看。

在信的末尾，他说如果我对信的内容有意见可以去找他算账。最后还附上了自己的电话号码。但我没给他打电话，也没有冲到 A 号室去骂他。

说来也奇怪。之后我就在公寓里碰见他两次，明明之前的两个月我们连一次都没碰上过。

和一开始相反，碰面时换成平野先生想对我说话，我却视而不见，匆匆而过。

某天我碰见他后回到房间里，刚在桌旁坐下，就听到从我潜意识中诞生的梵豪，用它那对褐色的眼睛睃了睃我说：

"你这样好吗？"

"'这样好吗'是什么意思？"

"我是说就这么一直逃避下去，这样好吗？"

"逃避什么？平野先生？"

我知道它不是这个意思。它指的应该是平野先生信上写的内容吧。

"你自己好好想想。"

梵豪说完后就不再说话，轮到我开动脑筋了。一开始我也不知该从何处入手，只能先回忆西哈诺通过墙上的洞对我说的话。

嗯，的确有几个让人在意的地方。比如他曾说过：

"后来我就想，那应该可以和一年前的北村小姐说话了——"

这是我在问他，是怎么发现墙上洞的秘密时他说过的话。按他所说，他也是刚好听到我在那个洞附近和梵豪说话，才发现这个秘密的。

不过就算他听过我的声音，知道说话的人是我，并且还知道墙上的孔洞连接过去（对他而言的过去），但他为什么会说"一年前的北村小姐"呢？

而且他还说过"您那边是二〇〇四年的九月——"，为什么他知道得这么准确？

难道是因为他知道二〇〇四年的八月中旬之前，北村志织不住在这栋公寓里，而到了十月，她已经不在这个世上了。所以掐头去尾，只能是九月吗？

想到这里，我还是第一次不寒而栗。

我把想到的告诉让我"好好想想"的梵豪，谁知道它说：

"说到点子上了，这么能干可不像志织啊。"

对于我好不容易取得的成绩，它依旧不冷不热、不咸不甜地说着风凉话。我重新打量起这只外表可爱，但估计内心不怎么单纯，半躺在桌上的小布熊来。

"你到底，是什么啊？"我抚慰着刚刚被打击到的小心灵问道。

"为什么会突然开口说话呢？你以前可不这样啊。你如果是从我潜意识中诞生的，那也太不会说话了吧。而且好像还知道一些我不知道的事。"

"后面那半句话，你说得没错哦。"

"那你还知道些什么？"

"你不知道比较好。"

我听它这么说，沉默了一会儿又问：

"难道你知道西哈诺是谁？他是什么样的人？"

"这个嘛，不知道。"

听上去它不是在逗我玩，是真的不知道。

"如果平野先生那封信里写的都是真的，"我继续说，"我被小偷杀害的事真的发生了，那以后会有一个人出现，他为了帮我想要改变现实。

"如果这个人就是西哈诺的话，你觉得至此为止，所有的疑点都能有合理的解释吗？"

"大概可以吧。"梵豪懒洋洋地说，"虽然麻烦了一点，但达到目的不就行了吗？"

"但要达到这个目的，不是有更简单也更好的办法吗？比如告诉我实情，或者让我周三那天不要待在家里就行了呀。"

"就算说了，你也不会乖乖照做吧，反而会讨厌他。现在的平野先生不就是这样吗？你连见都不想见他了呢。"

嗯，梵豪说得很有道理，我也无力反驳。

"以前发表不祥预言的先知可是会被民众扔石头砸死的哦。更何况这次还不是预言，而是真的会发生的事。

"'我是来自未来的人，我想告诉你，未来的你已经死了。'你说这种话谁听了心里会好受？更何况是感情那么丰富的志织。那时候就算有未来的新闻又怎么样，你肯定会大骂他是个骗子。

"直接告诉你，你就能听他的话并且照做的可能性很低——所以他才要大费周章呀。"

"但他为什么要我去做跟踪平野先生这种莫名其妙的事呢？"

"他肯定有他的道理。首先，这件事能引起你的兴趣，再者他告诉你跟踪的人是过去的自己，而且是为了帮忙做好事，你就不会对跟踪这种事那么反感了。

"有了这种正当又正面的理由，你也会想要尝试一下偷偷跟在人身后的感觉吧。"

可能真的会想尝试一下，这我也同意。在跟踪平野先生的过程中，有一点——真的只是一点，觉得这件事很好玩。

"换句话说，西哈诺只是把这件事当成一个漂亮的饵。志织你也不是完全没好奇心的人，只是真要你这么做，必须有一个合情合理的理由。你要用他的理由说服自己，才会去做这种坏坏的事。我说得对吧。"

虽然不想承认，但它说得很对。但是能投出这么漂亮的一个饵，让我吞下去就顺势被吊起来的西哈诺，他为什么会这么了解我呢？

"最后一个问题。你知道西哈诺是谁吗？"

我认真地看着小布熊梵豪的脸孔问它。

"不知道。"梵豪毫不犹豫地回答我，"真的，我一点儿也猜不出来。"

之后我的生活就开始变得很奇妙。

比如在公司里，无论我做什么——是继续之前的工作也好，还是着手开始做新的工作也好——我都会忍不住想，如果我不在了，这件事会让哪个同事接手呢？

还有别的方面。在超市买东西的时候，去货架上拿柠檬，当手触碰到柠檬的时候突然开始想，如果真的发生过，这颗柠檬就会被放进别人的购物篮里吧。

早上坐电车的时候也会觉得我站着的位置，原本应该是空着的，但如果我突然消失了，那原本拥挤的人群中是不是会多出一个人形的空间？那个空间马上就会像流入沙地的水一样，被周围吸收掉吧。

我现在认为是现实的每一天，实际上已经进入另一条时间线。原版的"旧时间线"经过西哈诺的干涉变成了"现行时间线"。在"旧时间线"上，过了九月二十九日，那个最后的星期三，我就已经不存在了。

我反反复复地想着这件事——觉得，会不会那样比较好呢？或许手头的工作让同事来做，会比我做得更好；柠檬被别人买走了会比较幸福；拥挤的电车里哪怕只少了我一个人，大家也会舒服些，这一点点的舒适感，也会让他们高高兴兴地开始一天的生活。

我不该待在这里，我才是一个闯入者。我就像一个幽灵，或是被某个制片人心血来潮突然提拔为女主却不知天高地厚的三流小演员。

倘若西哈诺做的事和这件事带来的结果如同平野先生信上所写的那样，那这个世界就为了我这样一个不值一提的人"改变了"。

　　这实在太浪费了，我突然很想责怪西哈诺——这个正体不明、身处未来的某人。另外，这种感觉多半出现在白天，上班和买东西的时候，或者乘电车，周围有人的时候。

　　当我独处以及在公寓房间里的时候，会有一种难以言喻的恐怖感席卷全身。尤其是晚上，我躺在床上咬紧牙齿，死死地盯着天花板，好像不这么做，它就会掉下来似的。

　　"梵豪，我好怕。"

　　我对小布熊哭诉。我知道它不是一个亲切的交谈对象，但除它之外，没有一个人可以和我说话。

　　"又来了。"梵豪说，"如果真发生那种事，结果可不是你想象得那么简单啊。"

　　"但不是没发生吗？我还活着，我还活在这个世界上。这件事今后也不会发生了。"

　　"你这个想法就像'同一个地方不会被雷劈两次'一样。"梵豪冷冷地说，"你的心情我理解，但这没有科学依据的。"

　　我不信，我想。被雷劈过一次的地方怎么还会被劈第二次？就算它说没有科学依据，我也不信。

　　每当那样的夜晚，我都觉得自己还活着真是太好了。这样想时，眼泪就不住地流。谢谢你，西哈诺。

　　一方面因为与西哈诺的断联让我产生了对恩人无以回报的罪恶感，另一方面却因幸存下来而感到心安。我在这两种心境之间徘徊。除了非做不可的事一概不做，连饭都只吃一顿，就是和同事一起吃的那顿中饭。每天都如此浑浑噩噩，好像身体里只剩下半条命。

我每天都在想西哈诺。他是我的恩人但也是让我头疼的根源。平野先生告诉我，是西哈诺施展了"一个马克杯大小的奇迹"我才能活下来的。平野先生认为西哈诺是一个我认识，并且在哪里碰到过的人。

那这个人到底和我有什么关系呢？他又为什么要为我付出这么多？

读过信后又过了一周。周日那天我休息，但不想一个人待在公寓里，也没力气出远门，便决定去车站附近闲逛。

"哟，好久不见。"

向我打招呼的是住在1楼B号室的仓先生。脸皮有点厚却很阳光的仓先生让我倍觉亲切，于是在他的邀请下我俩走进了一家咖啡馆——就是上次我一个人来，结果看见权藤老先生在画素描的那家。

"怎么了？感觉状态不太一样。"坐在圆桌对面的仓先生对我说，"差点没认出你来。"

"有这么明显吗？"

"嗯，感觉比上次碰见时成熟了，也可能是更有女人味了。"

我没想到他会把我的憔悴说成成熟。

"当然了。虽然你更有女人味了——"

"但还比不上你的玛丽是吧？"

"哈哈，就是这个意思。"

我被仓先生的话逗笑了。好开心啊，能够拿仓先生和祖父江小姐的八卦来找找乐子，这是我一周以来第一次认真去想别人的事。

"你和她有进展吗？"

我真心诚意地问道。我看仓先生人挺不错，也觉得祖父江小姐是位出色的女性，挺希望他们两个人能走到一起。

"一般般吧，有点麻烦。"仓先生回答说。

"上一次我和祖父江小姐聊过天了。就在河堤那里。"

"哦，她带着狗在散步吧。"

这语气和平时的仓先生不一样，给人有气无力的感觉。

"莫非你——怕狗？"

"我怕狗？"看来说中了。

"我小时候可见过很多狗。"

"你刚才不是说有点麻烦吗？难道是因为那条哈士奇的关系？"

"怎么会呢，别说傻话了。"

仓先生强扭过话头，开始没话找话。他问我工作怎么样，还说自己年末想去泡温泉，让我推荐合适的地方。

"其实我们差不多。"就快没话说的时候,他冷不防地来了这么一句,"对于我来说是狗,对于她来说是男人。"

他的意思是害怕和男人接触?不会吧,那个祖父江小姐?

"她对十年前发生的事依旧耿耿于怀。那时她是个刚入行的小医生。有个上司找她帮忙,要她帮忙誊写研究论文。

"具体情况我不是太清楚。总之她答应帮人保管重要的资料,结果这些资料被她当时已经分手的男友偷走了。那家伙是趁她不在家的时候溜进来偷走的。"

"溜进来偷走?"

"是的,她说那家伙只是个很普通的男人,两人也只是'彼此觉得还可以,就凑合着在一起了'。交往的时候她把自家的钥匙给了对方,虽然分手时要回来了,但那家伙早就做好了备用钥匙。

"说是偷走,但他并没有把论文带走,不然很容易被发现。他把论文每一张都拍了下来。你想,这么做不是很花时间吗?"

对啊,肯定很花时间。那时候也没有数码相机,数量多的话还要换胶卷。

"如果拍到一半她回来了就完了,但她那个时候刚好在约会。单位里有个刚调来的帅哥约她,她也就欣然赴约。两人先吃饭,后来还去了别的地方。结果前男友就趁这时候来偷资料。"

我总觉得仓先生话里有话。

"也就是说——"

"那两个男人是计划好的，他们好像和她上司的竞争对手有关联，长得帅的那个是故意派去当饵的。

"此后她在职场上就很难混下去了。更惨的是她因为这件事陷入了自我厌恶，吃过一次亏便再也不相信男人。不管是长得帅的还是丑的，她都一概不接受。"

我不知道该怎么回应他的这番话。祖父江小姐的这段往事和我最近遇到的事（多半是由平野先生推测出来的）结局完全相反。

"如果有谁发明了时间机器，请一定要借我使用一次。"

仓先生没有发觉自己的话触动了我，继续说道：

"我要回到从前，把那两个男人找出来狠狠揍一顿，打到他们站不起来为止。

"只要现在的她能开心，即便和她交往的那个男人不是我也没关系——我经常会有这样的想法。"

"男人都会这么想吗？"

我问仓先生。或许这种问法有些失礼，但仓先生并没有生气。

"我觉得都会吧。男人这种东西哟，"他平静地说，"虽然都说女性为对方献身的情况比较多，但女人都希望对方看得到自己的牺牲。比如电视剧里的女二，经常会对男主说，我对你付出了这么多，为什么你视而不见呢?

"而男人就不一样了。又比如电视剧里的男二，通常是默默地为女主付出，最后抱得美人归的还是男主。这也是一种悲情式的浪漫。"

"浪漫?"

"或许是为了感动自己吧，但男人通常都会有这样的想法。"仓先生又补充道，"当然了，不是对谁都这样，只会对自己喜欢的人。"

"你说喜欢的人，那一定是认识的人咯?"

我突然问道。

"认识或许认识，但未必是那种交往很深、认识时间很长的人。"仓先生回答说。

"即便是很浅的交情，但只要有一个契机，也可以让这个男人为他喜欢的人付出。"

"甚至愿意为那个人制造奇迹?"

"那当然了。男人这种生物都想为喜欢的女人创造奇迹。"

和仓先生交谈过后，我比以前更想搞清楚西哈诺的身份。一定要知道他是谁才行。

手头的线索并不多，但他应该是一个我在九月份之前认识的人。因为在原本的旧时间线上，这之后我就不存在了。不管我俩是熟悉还是陌生，总之是一个认识我的人。

或许他在我死后，因为很想念我，所以就搬进了"戈多之家"的二楼B号室，想要住在我住过的房间里追思我的过往。结果因为他的这种想法太过强烈，奇迹出现了。

我把认识我的人挨个儿回想了一遍，似乎没有一个人对我有这么深的感情，更何况他们也没有西哈诺的声音。

难道是很久不见的旧相识吗？——或许在我们不联系的这段时间里声音发生了变化。

要么是平时有机会见到，却从来没听他说过话的人？

有这样的人吗？就连声称对我无所不知，连我不知道的也知道的梵豪在这一问题上也举手投降，表示"找不到这样的人"。

某天，我找到了似乎能成为线索的东西。在整理海外旅行的宣传彩页时，我刚好看到了一张贴有巴黎街角的照片。突然想到"西哈诺"这个名字，应该是出自一本法国小说吧。

从墙壁传来的那个声音，让我暂且叫他"西哈诺"。一开始是我听错了，误以为他是平野先生，后来他就顺势借用了平野这个名字的发音。现在想来，似乎没那么简单。

回家的时候我想绕路去书店转转，结果在第二家店找到一本《西哈诺·德·贝热拉克》，作者名叫罗斯丹。翻了翻才知道原来这不是小说而是一出戏剧，好像还有一部改编的电影叫

《大鼻子情圣》。

我把书买回家，结果一看就看到了深夜。

"真是一个悲伤的故事。"我对梵豪说。

虽然它是一只长相可爱、喜欢冷嘲热讽，也不知道为什么会开口说话的小布熊，但在没人可商量的时候，我也只能对它开口了。

"主人公西哈诺是个剑技高超血气方刚的剑客兼诗人。他才华横溢、充满魅力，却因为有个奇大无比的鼻子，便经常说自己是个丑陋、没有女人会喜欢的男人。

"自卑的西哈诺喜欢上了他的表妹，大美女罗克珊，而对方只把他当成自己的兄长，经常对他诉说自己的恋情。后来他便为罗克珊与自己在部队的后辈—— 一个叫克里斯蒂的英俊青年牵线搭桥。"

"那后来呢？"梵豪问。

"为了让罗克珊高兴，西哈诺便以克里斯蒂的名义给她写信。甚至在那两人约会的时候，他会躲在克里斯蒂身后，教他怎么说话。虽然罗克珊一开始是被克里斯蒂的长相所吸引，但后来更多的则是被'他'热情优美的情话打动，越来越喜欢他。

"之后西哈诺和克里斯蒂因为情敌作梗被派上战场，临行前知道了西哈诺真意的克里斯蒂，劝他要向罗克珊表明真心。

虽然克里斯蒂没有西哈诺的才情，有点现代人说的'憨'，但他正直率真，我觉得也是一个很不错的人。

"结果造化弄人，罗克珊赶到战场时，正好目睹了克里斯蒂战死在自己面前。西哈诺也不忍心破坏她心中完美的恋人形象，便什么也没说。

"罗克珊紧抱着克里斯蒂的信进了修道院。过了十年的岁月，仍然爱着她思念她的西哈诺前去探望。

"他说'把克里斯蒂的信借我看看'，然后拿着信开始朗读起来。听着他朗读的罗克珊忽然发觉，当时太阳下山天色已暗，根本看不清信上的字迹，但西哈诺仍然一字一句地读着信。

"实际上西哈诺在来的途中被木材砸中头部身负重伤——一路上他还要对付很多敌人——到修道院时他已经处于濒死的状态，眼睛也看不见了。"

"和死人的区别就差一口气了吧。"梵豪说。

"你闭嘴。"我喝止了它一句然后继续往下讲，"这时候罗克珊也发现了，西哈诺其实没有在读信，而是在弥留之际倾诉自己的爱意。一直以来打动她的是西哈诺冒名写给她的信，而自己真正爱的人也是写信的人，也就是西哈诺。

"罗克珊跑到已经倒下的西哈诺身边，想要告诉他心意，西哈诺则在罗克珊的怀里死去了。就是这样一个故事。"

"所以呢？"

　　我不求吐槽惯了的梵豪会有什么感动，但它这反应也太扫兴了吧。

　　"所以什么所以，我想说的是——"

　　"你说，我听着。"

　　"那个西哈诺，就是通过空调孔和我说话的那个人，他说是因为我听错了才取这个名字的。或许是有这样一个巧合，但他不仅仅是因为我听错才取的。

　　"我也不知道他有没有看过这本书。或许看过，或许没看过但听说过。但故事里西哈诺代替克里斯蒂向他喜欢的罗克珊倾诉爱意这件事——"

　　"志织你不会把自己当成罗克珊了吧？"

　　"当然没有！"我表示强烈否定，"完全，没有！"

　　"好吧，不逗你了。那你想表达什么？"

　　"我可不是罗克珊那种大美女，这点我有自知之明。再说平野先生虽然算得上是个合格的帅哥，但他绝不是克里斯蒂那种憨憨的傻小子。

　　"而且还有一点不一样。我们之间又没有什么感情纠葛——我是这么觉得的。"

　　我对坐在桌上一动也不动的熊仔搭档说道。

　　"我也不是没想过，西哈诺应该喜欢我吧——为了改变我的命运，结果产生了奇迹，最后他也成功做到了。每次我想到会有人为我付出这么多就觉得很高兴，心情也会变好很多。

"但我又觉得没有哪个男人会如此'迷恋'我。因为像我这样的人很普通啊，我身边也没有那种很聊得来，甚至心意相通的人存在。

"要问西哈诺到底是谁，我是一点儿头绪也没有。难道是很久以前就认识的人？或者是认识我但我不认识的人？结论也只能从这两条里二选一了。"

"哎，也只能这么想了。"

"仰慕者爱她就会奋不顾身，我觉得是那种超级大美女才有的待遇。比如罗克珊啊，或者祖父江小姐。"

"说得没错，的确是这么回事。所以呢？"

"帮助我的西哈诺或许对我有一点好感和兴趣。但像我这样'刚刚超越及格线'的女人（这是仓先生之前对我的评价），应该没有那种魅力，会让人迷恋我、为我产生奇迹才对吧。况且我们又都不熟，凭什么呢？所以我觉得肯定有别的理由，不想让我在那天被入室行窃的小贼杀害。并不是因为他喜欢我，也不是因为痛惜一条年轻生命的逝去。"

"哎哟，还真谦虚啊。"梵豪又开始吐槽，"没想到你道理还一套一套的。"

"这个理由是什么我不知道。"我继续说，"但西哈诺为了不让我被害，就要想办法改变我九月二十九日的预定行程。

"但我凭什么要听他的呢？总要给个理由吧。他可能觉得与其听一个'都不知道长什么样的人'的话，不如就说自己是'相貌英俊的平野先生'会比较容易让我相信。"

"你的意思是他对自己的相貌也没自信？"梵豪插嘴问道，"就像故事里的西哈诺一样？"

"这我就不清楚了。"

"那对你有效吗？"梵豪又进一步地问，"如果是帅哥平野先生说的就姑且相信吧——志织你真是这么想的吗？"

"呃，应该和帅不帅没关系吧。"

其实我说谎了，梵豪应该也发觉了这点，只是什么也没说。

事实上的确有效。这么说吧，本来墙壁上的洞里突然有个声音对你说话就够吓人了，你还不知道说话的那个人是谁，很容易脑补出怪异可怕的形象。

为了避免这种情况出现，西哈诺就假借平野先生的身份来和我说话了。虽然那时候我和平野先生不熟，基本上也没说过话，但面还是见过的，知道他是住在隔壁的帅哥。

应该就是这么个情况吧。但又觉得还少了些什么。

难道西哈诺本人真的像那出戏里一样，对自己的长相很没有自信？

如果真是这样的话，那试着想象一下他的心情就觉得很悲伤。

不仅想要创造奇迹，实际上也的确让奇迹出现了。那么厉害的人却为外表而烦恼。

数日后，时间又兜转到了周三那天。

那天就和平常的休息日一样，我什么事也没干，懒洋洋地在家待了一天。到了晚上检查邮件的时候，滑动手机的手指突然停住了。

"生日快乐。"

这是一封上午收到的邮件的主题，发件人是"？？？？？"。今天的确是我的生日，不过连我自己都忘了——不知不觉中，我也迎来了人生的第二十八个年头。

带着稍许疑惑我打开了邮件，但里面什么都没有，这是一封空邮件。

是我认识的人想要给我惊喜吗？但大家应该都忙得没心思做这种事，那应该就是自动发信的邮件吧。肯定是我在什么平台上输入过自己的生日（不过随着安全意识的提高，再有类似的问题出现我都不会填写了）。

很普通的一件小事，但联想到此前的风波，其实我今天是过不上生日的，我的生命本来将永远定格在二十七岁。

——我又闲得无聊开始质疑这个事实了。果真如此吗？在旧时间线上我会在二十七岁死于盗贼的白刃，这件事真的会发

195

生吗？抑或这全部只是平野先生的想象呢？

我不知道，我只知道我看到的和听到的事情。有个自称西哈诺、我也不认识的人，说能通过墙壁上的空调管道孔对我说话（这一点的确是事实，我也有证据）。

他说自己是未来的平野先生，如今正在一年后的Ａ号室内和我说话，还说不要把这件事告诉现在的平野先生，甚至还让我们保持相互说话都听不到的距离。都是杂七杂八听上去有些烦人的要求。在此之上他还给我指派了一个"周三那一天去跟踪平野先生"的任务。我一共执行了三次，他说九月二十九日的那一次是"最重要"的一次。

那天发生了什么呢？九月二十九日那天我跟踪失败回家后，发现自己家被翻得乱七八糟，显然是遭贼了。后来警察告诉我，"最近有个惯偷在这一带活动，他一般会在周三出手"。

我又发现Ａ号室的外墙上多了一台空调室外机。之后和平野先生初次交谈后，发现他的声音根本就和自称"未来平野"的西哈诺完全不像。而那天晚上西哈诺也没有再出现，再也没有什么未来之声要我做这做那了——

其实自从那天以后，我有好几晚（即便不是周三）都会爬上放在卧室里的梯子，蹲坐在上面把耳朵靠近空调管道孔，模仿西哈诺的口吻小声问："喂喂，对面有人吗？"

但没有任何反应，什么声音都没有。

　　这就是近期我身边发生的一件怪事。听上去很奇妙吧。平野先生在信里说得很有道理，但我不认为这就是唯一的解释。

　　那我最近还有什么变化吗？——最近一段时间我变得很颓废，经常会莫名地想大哭一场。这都是读过平野先生的信后产生的后遗症，但并不能因此就说明他写得绝对正确。

　　好吧好吧，虽然我不愿意相信他的推测，但我不否认被他的说法给吸引住了。只要相信平野先生的推测，西哈诺曾说过的一些话就能得到合理解释。

　　——也只有我这一边能收到北村小姐赠送的礼物。

　　——我的确有一样东西要送给北村小姐您。应该是有的吧——不，一定有的。只不过这样东西没有实体。

　　——要说这件事，恐怕不是我一个人能决定的，必须要征询另一个人的意见。

　　——是一个对我来说很近但又非常遥远的人。

　　——那个人现在不在这里，不在我所在的时空。

　　我问他那个人去了哪里、还会不会回来的时候，他说：

　　——大概在九月二十九日。如果一切都顺利的话。

　　那时候我还不明白这句话的意思，好不容易等我理解了，说这话的人又不见了。天哪，怎么会这样？

　　我生气了。西哈诺，你这个擅自从未来和我说话，擅自改变我的命运，拯救我的生命，然后又突然消失不见的家伙，我对你很生气很生气，你知道吗！

　　但不管我再怎么生气，他也不会知道吧。

　　我发了一会儿呆，然后打开梵豪身下那张桌子的抽屉，拿出两封没有贴邮票的信，抽出比较厚的那一封。

　　"喂喂，您好。"

　　电话那头是一个高亢澄净的声音。

　　"我是北村。"

　　"啊。"

　　平野先生的回答听上去就像在叹气。我们两人都沉默了片刻，他终于开口说：

　　"信你读过了吧。嗯，应该是读过了。不然你也不会知道我的电话号码。"

　　依旧是毫无气势的口吻，感觉像在解释给自己听一样。

　　"你不觉得这很过分吗？"

　　我模仿他上次来向我抱怨时的口吻，突然问他。

　　"过分？是指我写的——那些吗？"

　　"哎，不然呢。因为——"

　　我说到一半突然不想说了。

　　打电话之前我就在生他们的气，一个是西哈诺，另一个就是平野先生。最可恶的（如果这件事算可恶的话）就是擅自改变别人命运的西哈诺，但平野先生也好不到哪里去。为什么要特意告诉我这些？我也不是不想让他告诉我——不是不想，只是……

这种心情我也不知道该怎么说，只能不说话。那头的平野先生也傻呆呆地等了一会儿才说：

"我的确写了一些不好听的话。"

他听我还是不接话，便一本正经地说：

"我也知道这对北村小姐不好，心里一直过意不去，想找个机会向你郑重道歉。只是一直没有——"

听到这里我突然想到一件事，便问他：

"那封电邮是平野先生发的吗？"

话刚说出口，我就发觉自己犯了傻。

"电邮？"

"不，没什么。"

他又不知道我的邮箱地址和生日。

"什么意思？"

但平野先生坚持要问清楚，我只好解释了一遍。

"哦，是这样啊——"听罢后的平野先生用异常严肃的口吻对我说。

"那种电邮是不是不应该打开？"我问。

"也未必，打开的确可能中毒，但我想说的不是这个。今天是北村小姐的生日是吧。你刚才告诉我的。"

"是啊。"

"那你现在，在家吗？"

"在家。"

"一个人？"

"是啊。"

"晚饭呢？吃过晚饭了吗？"

"没有。"

"那做了吗？"

"也没有。"

平野先生沉默了一会儿说：

"那么，要不要到我家来吃？"

他问得很小心，但也吓了我一跳。

"晚饭我来做，虽然也不是什么好吃的——我不是谦虚啊，真的只是粗茶淡饭，但也要比你什么都不吃好。

"不介意的话，请务必光临。嗯，那就三十分钟后吧。"

平野先生的房间和我的房间是左右对称的格局。

门、窗户、厨房的位置全都相反。我发现以后有种很奇妙的感觉。起居室的一头有张桌子。桌子前面的架子上放着仓先生说过的很大的电脑，一个动漫风的手办就放在电脑旁边。

其中一个手办是穿着金属铠甲混搭比基尼泳装的美少女，另一个则是身着风格夸张的连衣裙的美少女。两个美少女都有显眼的大长腿，她们的形象是来自动画或者游戏，还是完全原创的？这我一个外行就不知道了。

"我到你那儿也去过两次了，不回个礼可不行啊。"

我坐在桌旁，平野先生则在厨房里来回转悠，他一边走一边对我说。

"只是喝个茶，不用那么——"

"别这么说，我刚才说我来准备，但忙活半天只做了烫饭。超市也关门了，我就用手头的材料做了个鸡肉烫饭。"

他端来一个冒着热气的砂锅放在我的面前。

"不敢说做得很好，但起码不难吃——"

"谢谢你，那我开动了。"我点头致谢，拿起勺子吃了一口。

好吃。

在仓先生家喝的红茶完全颠覆了我对"红茶"的印象。平野先生的烫饭虽不至于如此，和我对烫饭的印象没有太大差别，但口味还是超出了我的想象。

木鱼花的香味不多不少，米饭也煮得松软适口。饭里还加了鸭儿芹和白胡椒，调配得恰到好处。我很想称赞一番，但觉得说多了饭就没那么好吃了，于是就简单地说了一句：

"真的非常好吃。"

"好吃就好。"

平野先生笑了。他笑起来眼角下垂，脸颊两边浮现出整齐的三条皱纹，看上去很亲切。我还是第一次见他笑。之前只见过他工作时的背影，惊慌失措和生气的样子。

"写小说也是在这个房间吗？"

一下子不知道该说什么，我就换了一个话题。

"是的，就用那台电脑。里屋的旧报纸和杂志堆成了小山，勉强能挤出一块地方让我睡觉。"

他不像那种有收集癖的人，是为了搜集写小说的资料才留着不丢的吧。看他起居室的整洁程度和做饭的手法，我的猜测应该没错。

"对了。说起生日，北村小姐今年几岁了？"平野先生郑重地问道。

"二十八岁了。"我说，"那平野先生呢？"

"二十七岁。用学年来算的话，应该和北村小姐是同级。但我是三月生的。"

我们一边聊一边吃完了一整锅鸡肉烫饭。吃完后我由衷地对他说了一句："谢谢款待。"

平野先生把餐具移到水池，回来时带着两块三角形的白色蛋糕。那两块蛋糕原本是一块方形的蛋糕，从对角线切开就分成了两块直角三角形。

"买到的时候我还有些犹豫，因为是便利店的蛋糕，味道可不敢保证哦。

"生日快乐，这句话我也不知道该不该说。"

气氛顿时变得很尴尬，四周的空气就像滚滚而来的雨云压迫着我们两人敏感的神经。

其实我是过不上这二十八岁的生日的——前不久才告诉我这一事实的人现在却对我说"生日快乐"。

"谢谢，我这么回答好吗？"

沉默让人受不了了，我好不容易挤出这句话对他说。

"当然可以。"平野先生说，"我不是要你感谢我，你就像个普通人一样接受祝福就好了。"

"但是——"

"先吃蛋糕吧。"

于是我们就开始吃蛋糕。

"怎么样？好吃吗？"

"还是平野先生的烫饭比较好吃——"

"啊，味道的确算不上好吃。"平野先生说，"不用顾忌我，直接说难吃就行了。但是北村小姐，吃便利店的蛋糕觉得'难吃'，这不正是'活着'才能有的体会吗？"

的确，不仅要在吃到好吃的感动后表示感谢，也要在吃到不好吃的东西时大胆说出来。这才能证明我不是幽灵也不是僵尸，而是一个喜怒哀乐俱全的人类。想明白这点后我心情也好多了。

"谢谢你。"我依然是由衷地感谢他。

"不用谢，我也真不是为了这么说才买这块蛋糕的。我刚才那些话是不是很傲慢啊。"

他突然变得不自信起来。

"这个先不说，我意识到那封信真是写得很失礼。"他摆正坐姿对我郑重其事地说，"非常抱歉。"

"你不用——"

"我写的那些东西我相信你肯定明白，但你实在没有必要相信。"

"这我知道，但是——"

"但是？"

"其实我也认为是这么回事。大概吧。"

"为什么会这么想？"

"这感觉说不上来，总感觉自己的存在变得模糊了，好像只剩下半条命还活着。"

"那是我的那封信造成的吗？"

"不，和读不读那封信没有关系。其实仔细想想，在此之前我就变得怪怪的。还有梵豪它——"

"梵豪？"

"啊，没什么。"

和打电话时一样，我又说漏嘴了。就算我想蒙混过去，但平野先生还是揪着我不放。

"梵豪是什么？"

"是一只小布熊。"

我没办法，只有如实招来。

"这件事我如果说了，你大概会把我当成精神有问题的女人。"

我给他打好预防针，然后开始说梵豪的事。在杂货店的橱窗初次相见时就感觉它在问我"要不搬家吧？"——当时我只把这当成自己的愿望，但从最近开始它居然和我说话了，而且说的都是一些我没想到的内容。

平野先生抱着胳膊，脸上的表情很复杂。

"梵豪开口这件事，是发生在你听到西哈诺对你说话之后的吗？"

在我说完基本情况后，他开始问道。

"是的。"我说，"准确地说，是西哈诺第一次让我去跟踪你开始的。"

平野先生有些难过地咳了两声后问：

"也就是西哈诺干涉过去、改变现实后发生的？"

"是的，就是进入'现行时间线'后不久开始的。"

我把"现行时间线"和"旧时间线"的说法向他说明，平野先生点点头表示懂了。

"那么，那只叫梵豪的小熊是进入现行时间线后才开始说话的？"他又确认了一遍，"此前从来没有像现在这样说过话？"

"嗯嗯。"

"一开始只是北村小姐自言自语的对象，结果突然开始回话了。它不光话多还经常说一些你没想到的话，说话的口气也不友好，会发表一些残酷的、过激的言论——而且还暗示自己知道很多你所不知道的事情。这样看来，梵豪的本体莫非就是——"

平野先生的语气变得凝重，我有种不祥的预感。

"是什么？"我捧着那颗七上八下的小心脏问道。

"与其说它是你潜意识的产物，我倒觉得更像你心中一段被封印的记忆找了一个代言人。"

"我心里，被封印的记忆——"

"也就是'旧时间线'上的记忆。说直白一点，就是你被杀后的记忆。"

我突然说不出话来，脑子有一瞬的空白。

的确，梵豪有些话让人觉得毛骨悚然。什么"受到惊吓后肌肉会收缩"啊，它还对我描述过被人施暴时的场景，说过"你根本不会明白这种感受"之类的话。

"这意味着什么你明白吗？"

平野先生放缓语速，看着我的脸认真地问道。

"你写的那些事的确发生过。也就是我在'旧时间线'上，被入室盗窃的小偷杀害了。"

我鼓起勇气，掷地有声地说出了一直不愿面对的事。

"你说得没错，但不只是这样。"他回答我，而且是用异常深刻的口吻。

"这和时间论以及祖父悖论有关。"

"啊？"

"这方面北村小姐应该想不到吧。你喜欢看科幻电影吗？我觉得你应该不喜欢看——

"比如说，在讲述穿越或者改变历史的电影中，通常会有两种观点：一种是穿越时空干涉历史，结果时间线一分为二；另一种是穿越时空干涉过去，但时间线并未产生分支，而是保持干涉后的状态持续下去。倘若是后者，那就不得不考虑我刚才所说的'祖父悖论'了。"

我一脸茫然地看着平野先生，如同我不了解他架子上的手办一样，对于此刻他说的话我也是满头问号。

"嗯，我举个例子你大概就会明白了。之所以叫'祖父悖论'也是有原因的，但这里我稍做简化。比如，某个科学家发明了时间机器，他要乘坐时间机器回到自己出生前的过去，然后杀掉年轻时的父亲。你觉得之后会发生什么事？如果父亲死了，那这个科学家也就不会出生，发明时间机器、回到过去杀害父亲等一系列的事情也不会发生。但按照这种说法，他的父亲也不会被杀——"

"如果父亲没有死，那这个科学家还是会出生。"我试着想了一个答案。

"正确。"没想到答对了。平野先生点点头继续说："科学家仍旧会出生，依然会发明时间机器，然后去刺杀自己的父亲。"

"可是可是，那不就——"

"对，这不就说不通了吗？这就是有名的'祖父悖论'。'科学家出生'和'科学家没有出生'两条时间线都无法自我完结，并且与另一条线首尾相连。时间流会一直重复'一旦回到过去，另一条时间线便开始前进'的循环，流到被干涉的时间点便开始回头，无法前进。

"但如果是时间线在被干涉后产生分支，那就不会有这种问题发生了。'单线说'的确有说不通的地方。我这样说你明白了吗？"

"嗯嗯，差不多明白了吧——"我也不敢说是真的搞懂了。

"你的情况嘛，"终于要说到重点了，"你旧时间线上的记忆留在了现行时间线中——不管以怎样的形式，只要有丝毫

记忆残留，就说明你的时间线并未分流。"

我现在的表情肯定就像个听老师讲解六年级问题的小学一年级学生。

"这和刚才那个科学家的例子一样。"平野先生认真的表情的确像给孩子上课的老师。

"如果我们的推测正确的话。身在二〇〇五年九月的西哈诺之所以会去干涉二〇〇四年九月的时间线，是有北村小姐被卷入犯罪事件这个前提的存在。我说得对吧？"

"没错——"

"所以他干涉过去的动机就是改变历史，让北村小姐平安无事。但我们参考祖父悖论。时间到了二〇〇五年，你还健在，并且身体健康。那么西哈诺又有什么理由要去干涉过去呢？"

"你的意思是——"

我明白平野先生想说的了。这就严重了,起码对我来说——

"你的意思是我还是会被杀？"

"旧时间线就会重新成立。的确是有这种可能性。但如此一来西哈诺就会在二〇〇五年干涉过去，又重回现行时间线，反反复复。"

"时间会一直这样在原地打转吗？"

"站在我们的角度，时间依然是前进的。最终会确定一条时间线，我们也必须顺着这条线走——"

"那是谁来确定的呢？"

"时间混乱的源头会被掌控时间流——类似神一样的存在给消除掉吧。虽然把'神'这个概念拿出来做解释有些无奈，但这也是最有可能的推测了。"

"那样就是说，"我开始理解他的话，"西哈诺帮助我这件事会被当作'并不存在的事件'处理掉是吗？"

平野先生也开始沉思。他抱着胳膊，双唇紧闭。

"能不能做点什么？"

我知道让他帮忙也没用，但还是忍不住提了出来。

"最重要的，是要让动机和结果都能对上。"

他依旧抱着胳膊，想了半天后才挤出这一句话。

"我看能不能保持目前的状态，让过去和未来能够首尾一致地连接在一起，那么没有用的旧时间线就会消失，现在的状态就可以顺利地与未来平稳对接。具体地说，要让北村小姐平平安安地活到二〇〇五年，但西哈诺依然会去干涉二〇〇四年，让你去跟踪我、做这样那样的事情——这样的话就不会有问题产生。"

我拼命思考理解平野先生表达的意思，跟踪时他顶着奇怪发型的背影和梵豪那张小圆脸还在脑海中时隐时现给我添乱。

"刚才你也说过了，如果我好好地活到二〇〇五年，那西哈诺就没有理由去做那些事了呀。"

"没错，所以我们要说服他去做。"

平野先生斩钉截铁地说。他抱着胳膊的形象突然变得伟岸。

"但在此之前，我们必须知道他是谁并且找到他。"

- 6 -

于是，我和平野先生组成了"战略小组"。

为了让"旧时间线"中自称西哈诺的人还能为我创造奇迹，也为了让我像个正常人一样，吃到好吃的就感谢上苍，吃到不好吃的能随意抱怨，像现在这样平安活到明年九月，北村志织、平野进，我们是解决"大江户线问题"的战略小组。哦，对了，这个"大江户线问题"是怕我听不懂"祖父悖论"之类的说法，平野先生专门取的名称。

都营地下铁"大江户线"——是平野先生上班时的御用线路，我也坐过几次。作为东京地下铁最新的一条路线，其拥有独特的运行模式。虽然在都内地下绕了一个大圈，但这个圈并非环状的，而是圆圈延伸出了一条小尾巴，就像阿拉伯数字 6 的形状。

从尾巴尖"光丘"出发前往"都厅前"，二十分钟左右就能到达，之后电车便朝"代代木 JR"方向前进，逆时针绕一圈回到"都厅前",形成一个闭环。与小尾巴相接的点也是闭环的起始点,"都厅前"既是途经站也是终点站。

到达终点后的电车再返回"光丘",然后从"光丘"开到"都厅前"。但这一次电车却不是按照逆时针方向行进,而是按照顺时针,所以"都厅前"的下一站是"若松河田"。

一圈逆时针,一圈顺时针。大江户线不像山手线那样在一条环状线路上一直绕圈,也不像百合海鸥号那样只是经过一个圆环后持续前进,它更像是用顺逆两种方法不断地写数字"6"。

这种不可思议更让人觉得烦躁的运行方式,就好像无法逃脱祖父悖论的时间流。

"电车的通行线路会设置成6的形状本来就很奇怪。"

他似乎很难理解设计者的初衷,一边说一边在纸上反复描绘着6的图案。

"这条线设计得很不科学,途径两次都厅前倒没什么,不如设计成横放的手写体的L'ℓ',让圆环两边都有出头的部分。"

他又画了一张图,这次这张曲线图有一个单方向的箭头。

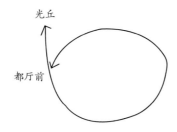

九月之恋

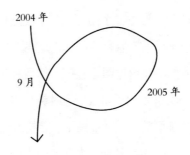

"时间的流向也像这张图一样。西哈诺把时间流扭在一起本身没有问题。正因为他发现声音可以跨时传达，北村小姐才能存活至今。但时间流不应像大江户线那样形成一个往复的 6，而应该如同百合海鸥号那样，虽然转了一个圈但依旧前行。"

我幻想有一趟这世界上不存在的地下铁，它不像真正的地下铁那么冷冰冰的只是一台机械交通工具，而是在车辆的外侧装饰着栩栩如生的图案，就像以前坐过一次的丸之内线，但车体的颜色不是红色。

这趟地下铁运行的线路类似横过来的手写体"ℓ"，经过闭环交叉点后继续前进。我很明白这代表的意义，只是不知道我是否坐在这车上。

我想坐！我知道自己的选择了，我想成为这趟地下铁的乘客！不光是我，平野先生也是这么想的吧。这也是我们成立"战略小组"要达成的目标。但要实现这个目标就必须找到某人并且成功说服他。

"你大概认为说服他是一件很难的事，不过或许要比你想象得简单。"平野说。

"我猜想，他可能也有一个属于自己的小布熊。"

"小布熊？"

"不对，不一定是小布熊，是类似北村小姐的'梵豪'，封印了他旧时间线上记忆的某样东西。

"他在旧时间线上也有过情感强烈的经历。心仪的女生死亡，在他发现奇迹后便着手为女生改命。这些事都是刻骨铭心的记忆。和北村小姐一样，这段记忆或许也被封存起来并没有消失。他本人并没有意识到，记忆却通过他身边的某样事物开始与他产生联系。

"因为西哈诺是男人，身边大概没有布娃娃之类的东西，但或许有别的类人型物品。比如当作地方特产买回来的那种小木偶啦，抑或是贴在墙上的偶像海报。"

"那种东西也会开口说话吗？"

"会的，可能早就已经开始说了。就和北村小姐的梵豪一样，说的都是一些让他莫名其妙的话，也就是他原本记忆的断片。

"但这终归只是我的猜想，如果真是这样，他本人应该会觉得这种情形很诡异。他经历过这种超现实的事之后，我们再找到他并向他说明情况，他或许会愿意向我们倾诉。你觉得呢？"

平野先生分析得很好，希望现实就如同他说的那样。

好吧，说了那么多该回到关键问题上了。我们知道要怎么说和怎么做了，但这人要到哪里去找呢？

"只能靠你啦。北村小姐。"平野先生说。

"当然，我会尽可能协助你的。如果北村小姐找到了多个你觉得就是西哈诺的人，我也会帮你分析究竟是哪一个。等到找出确认无误的那一个，我会和他说明情况，和你一起说服他。"

在好像过了很久的那个八月末，我和平野先生在楼梯间邂逅的时候，他还是个连招呼都不会打的人。我也一直觉得他应该是非常内向、不善言辞的。

后来我见过他拜访客户时的样子，"不善言辞"这一条貌似可以划掉了。用他自己的话来说就是他"很擅长和男人侃侃而谈"，但比较难应付的是日常问候和无意义的闲聊，如果对方是女性的话则更为明显。虽然我也是女人，但现在我们有了共同的目标，他面对我也不会心里发慌了。

"首先你要列出一个候补名单来，这件事也只有你能完成。"平野先生告诉我。

"你的工作会接触到很多客户，这其中肯定有人会喜欢上你。希望你能好好地想一想，列一个崇拜者清单出来。"

我有崇拜者?！还要列什么清单！一个都没有好吗！

"这事不着急吧?"

在我生日的第二天,我在和平野先生打电话的时候问他。

"因为'大江户线问题'要到明年九月才会出现啊。"

"话是没错,你有一年的时间慢慢找。你从下个月开始找也可以。"

"对了,下个月。平野先生下个月应该有更重要的事要做吧。"

我这么一提,平野先生突然变得不淡定了。

"北村小姐你说的是?"

"新人奖的投稿截止日期啊。"

昨天我问过他,当时他说截止日期是十一月我还吓了一跳。

"是不是'更重要的事'先不管,但截止日期的确是下个月的十五日。"

"知道还不快写稿子去！"我突然换了口气,就像个妈妈在责备没做作业的孩子。

"你原本就是下班以后才有空好吗,但你还要操心我的事,这样哪有时间写啊。我的事先放一边,专心把你的小说写完。"

"好的好的。那我写的时候北村小姐别忘了整理名单哦。好好想想,别漏了。"

"知道了。"

九 月 之 恋

　　我答应了他的要求。但想起他让我"别漏了"就忍不住翻白眼。拜托，崇拜者这种东西根本就不存在好吗，还要我列名单，唉。

　　第二天晚上，听到门铃响了，我还在想是谁呢，原来是之前的两位刑警。总是斥责下属口不择言的水鸟刑警对我说：

　　"今天是来向您报告调查结果的。"

　　他依旧带着一脸胡子拉碴的倦容对我说道。

　　"结果？"

　　"那个喜欢在周三入室行窃的惯偷已经被捕了。"

　　"真的？"

　　"是的，近期几起案件他都供认了。他的指纹也和我们在现场采集到的指纹一致。

　　"我们是前天抓到他的。当时他侵入了 T 市某幢公寓，正在搜刮的时候和回家的屋主撞个正着。真是个危险的家伙，听说当时他还把刀拿出来了。"

　　我不禁倒吸了一口凉气。水鸟刑警大概没发觉，就算发觉了他大概也不会明白我这个反应的意义。

　　"那个屋主是空手道有段位的人。他自己开了一家酒吧，平时有人发酒疯或者要打架，他都能三两下摆平。

　　"幸好被偷的是他，如果换了别人，那可就不敢想象了哦。

北村小姐您那天本来是休息的吧，还好您外出不在家。"

"确实是。"

这三个字每个都像一块冰似的从我嘴里吐了出来。

"犯人是个鞋店的店员，因为债务缠身才铤而走险。周三刚好是鞋店休息的日子。"

和我是同一天。水鸟刑警还告诉我那家鞋店和我工作的地方很近。

"不会吧？"我真没想到，"说不定我还见过那个人，因为我经常从那家店门口路过。"

"是啊。"水鸟刑警摸摸满是胡茬的下巴。

"而且那个人很有可能来我们店里买过新干线的车票，或者咨询过旅游方面的事。"

"的确如此。"

那他说不定认识我。如果他正在我房间里偷东西，结果和我撞上了，那认出我后肯定会把我干掉啊。

我越想越害怕，吓得不敢说话。我怕我说出来以后水鸟刑警会又接一句"是啊"。

"呃，有件事我想问一下。"于是我想了一个问题来压压惊。

"什么事？"

"从九月末到前天被逮捕为止——在此期间，他一共盗窃了几家？"

219

"嗯，我想想。"他扳起手指说，"一共三家。"

"那这三家他都没有遇到屋主吗？没有人受伤？"

"没有。刚好碰上的就只有前天那家。那个屋主很能打，所以也没有受伤。"

"真的吗？"

"真的。"水鸟刑警很确定地说，"除了犯人自己的手被扭伤以外，没有其他人受伤。北村小姐您那起案件之后也没有人受伤。"

"喂喂。"

"听说小偷被捉住了！"

两位刑警走后我立刻给平野打电话，一口气把这个好消息告诉他。

"是吗？那真是太好了。"

平野先生用温柔的声音回应我说。

"而且没有人在案件中受伤。"我又迫不及待地说，"前天他在偷东西的时候刚好屋主回来了，那家伙还把刀亮出来了呢。结果屋主是个空手道高手，所以也没受伤。

"那个小偷在另外几起案件里都没有碰见屋主，所以都没有人受伤。包括九月末至今的几起，还有之前的也是。"

"没人受伤就好。"平野先生说，"北村小姐，你听起来很高兴呀。"

被他这么一说我才发觉，我真的挺高兴的。悬在心头的大石头不见了。

"你是怕旧时间线转移到现行时间线之后，会有人因此成为你的'替代品'遇害是吗？你在为这件事担心。"

他说得没错。一开始我也没想到自己在担心这个，我的脑子都被自己的烦心事占满了。隐约有种忧虑，却又说不出是什么。

"北村小姐，你是个善良的人。"平野先生说。

"真是太好了。既然他是前天被逮捕的，那应该是你最好的生日礼物吧。"

"谢谢你。"我在心里乐开了花。

此后，我和平野先生的电话联系变得频繁。

有时是我打给他，有时是他打给我。到了十月下旬，我怕打扰他写作便有所节制，但他还是隔一天就会给我打电话。

他本来应该很怕和女性闲聊的，但不知不觉地我们能像好朋友一样谈天说地。原本内向又稍稍有些孤僻的平野先生应该已经习惯我的存在了。

我也因此知道了很多平野先生的事。不过主要都是些糗事。他夏天怕热，冬天容易感冒，春天有花粉症，原本嗓子就经常不舒服，过敏的时候不光打喷嚏还会剧烈咳嗽。

唯一身体健康的是秋季也就是大家说的运动季，但他没有什么运动神经，走路也不太协调。他认定"受女性欢迎的男性都是运动型的"，所以自己这个运动白痴根本没有女人缘。

摆放在房间里的美少女手办是他故乡的老友做的。他那个老友在原型师这行里还挺有名的，甚至收到了东京某家公司的邀请，结果却因为要继承家业不得不放弃了梦想。

"你能了解他的心情吗？虽然至今还没有哪家出版社邀请我说'请务必为我们写稿'，但我还能住在东京，利用工作空余的时间写写小说投投稿，说不定哪天就一举成名了。

"其实认真思考一下，心情就很复杂。倘若自己真的有才能，应该会毅然决然地坚持下去才是。"

综合很多方面来看，他其实是个挺自卑的人，有时会说着说着就开始抱怨。还好这种情况并不多见，和他打电话还是很愉快的。

我们会聊那天发生的事，还会聊他小说的进度。他的参赛作品好像写得很顺利。我本来还担心会不会来不及，但现在看来应该没太大问题。

"我这么说可能会显得脸皮很厚，但我貌似已经掌握某些创作诀窍。不是有'登场人物在作家笔下变活了'这种说法吗？"

"对啊，我听说过。"

"以前我不太理解这种感觉，但最近我突然明白了。啊，原来是这样！"

"从什么时候开始的？"

"这个嘛，我也忘了。"

就像这样我们会聊各种话题。他也会说一些我不太懂，却有兴趣听的事。

"哦，你的名单列好了吗？"

通话快结束的时候，他一定会问我这个问题。就好像暑气未消的九月末，还处于旧时间线上的西哈诺每次交谈结束时，都会给我读未来的新闻一样。

"整理好了以后，还要筛选出最符合的人才行哦。"末了，他一定会加这么一句。

"平野先生为什么这么关心这件事？"

某天晚上我问梵豪。

"整理名单，筛选名单。说得好像有很多男人追着我的屁股跑似的。难道我是这么有魅力的女生吗？"

"你这是揣着明白装糊涂吗？"

从我潜意识里萌生的梵豪依旧一副毒舌不饶人啊。不过它说得也没错，我并不是不知道原因。

平野先生应该是喜欢我的吧。如果是真的，那我喜欢他吗？

在天气逐渐转凉、体感也越来越冷的这个季节，能在逐渐变长的夜晚和他电话交谈变成了我生活中的一件乐事。原本贴靠在墙壁上听西哈诺说话的耳朵，如今已经习惯听从手机里发出的声音。

第一次和他说话的时候感觉这个人态度冷冰冰的，但接触多了才发现，他比西哈诺更温柔。而且他不像西哈诺那样会提古怪的要求，对我的提问也不会故意岔开不回答。

嗯，平野先生是个好人。他为我做的事、对我说的话，我都好好地保存在心里。我对平野先生有好感——这点是毋庸置疑的，但我不清楚这是哪一种好感。

直到现在我才敢说，在跟踪平野先生的时候，其实我喜欢上了冒充平野先生的西哈诺。我喜欢他帅气的外表，爱屋及乌，就连睡醒后没压平的头发都觉得可爱，每周三的晚上他还会用富有吸引力的嗓音和我说话。

在我跟踪的时候，平野先生经常会做些我不能理解的事。在未来世界的西哈诺会和我说话，给我读新闻的标题，让我一定要核对。他特意跨越时间和我接触，但当我每次问他理由时他都会找借口不说。那时候我总会想，外表很帅但真不靠谱啊，可他低沉沙哑的声音却让我心动。

对我来说，未来之声加上跟踪的背影就是西哈诺的全部，触不可及却维持着微妙的平衡。我被这种感觉吸引住了，并且喜欢上了他。

　　我喜欢的这个人是用谎言拼贴而成的，现在已经知道了真相，但我也清楚地明白了另一件事：虽然西哈诺不是平野先生，但他是我的救命恩人。

　　触发奇迹、干涉过去的西哈诺，他读报纸让我记录和核对，并不仅仅是为了让我相信他是未来人。

　　原本他自信满满，自己读的内容百分之百能够和下周发生的事件一一对应，但后来有一次他问我"应该都对上了吧"时，和之前的口吻有所差别，原本百分之百的自信打了折扣。

　　现在我也知道为什么了。他其实也在确认自己对过去的干涉会有多大影响力，是否会让历史——也就是报纸上的新闻都随之改变。

　　他肯定也觉得不安，如同头顶的阴云没有下雨但始终乌压压的让人不畅快。逆天改命，这是他大胆的一面，但当我得知真相后，也感受到了他怯懦和自卑的一面，也就是他谎称自己是平野的事。他不仅隐瞒了自己的真实姓名，还冒用别人的身份——就是我那帅气邻居的身份。他这样做，多半是觉得换成平野我才会相信吧。

　　即便他对我隐瞒了很多事，但我理解他的顾虑，也对他的想法有一丝难过。这些想法我都没有告诉平野先生。

　　我想我已经知道西哈诺是谁了。

这还是因为在和平野先生通电话时，他随口把西哈诺创造的"奇迹"称作"魔法"。魔法……魔法？我突然想起好像在哪里听到过类似的话，不过当时是说有个女人能用魔法。

啊，我想起来了。这是房东权藤老先生说过的话。当时他说自己去世的妻子像魔法师一样，做了很多神奇的事。于是我就想，西哈诺会不会就是魔法师太太和房东的孙子？

权藤真一君，他和我在小学六年级时仅仅当了几个月的同班同学。据权藤老先生说，真一君的父亲完全没有继承魔法师太太和画家先生的气质，是一个"为人谨慎，做事一板一眼"的人。但也有可能是隔代遗传，说不定真一君就继承了祖母的能力，所以才能创造那种奇迹吧。

我越想这种可能性就越大。现在在海外工作的真一君近期就要回东京工作了。之前房东给我的信里就提到过这件事。

平野先生说在旧时间线上，西哈诺是在 B 号室也就是我居住的房间对我说话的。之前的住客（也就是我）被杀害后 B 号室就变成了死过人的房间，一般人或许不愿意入住这样的房间。

但真一君如果是房东的亲属的话说不定愿意住进来，或者是每周一次出入空房和我对话。

此外，让我确信真一君就是西哈诺的主要原因，是这样之前的诸多疑惑都可以得到解答。

"大江户线问题战略小组"组长平野进，这小子深信西哈诺是我的"崇拜者"，因为对我抱有强烈的情感才导致奇迹产生。但我不这么认为，或者根本就想不出身边会有这样的人。如果说我有个交往已久的恋人那还说得过去，感天动地引发奇迹，神奇了一点但也符合逻辑。但我何德何能，无貌无才就能让男人为我付出那么多呢？不可能的。

如果西哈诺是权藤君，那就说得通了。这么多年过去了，或许我是他为数不多的"老同学"中让他印象最深刻的那一个——小的时候他对我有一点点的好感，结果这一点好感就触发了他身上的魔法体质，"哗"的一下就打开了时空隧道。

这么想可能脸皮厚了点，但我还想到了一个更加"现实"的理由让真一君要救我一命，或者说是不想我死。

这栋"戈多之家"公寓是房东权藤老先生除自宅以外的唯一财产，而且这还是他已故的魔法师太太为了改善通风而提议改建的房子。可以说这栋房子无论在精神和物质上都承载了很多意义。如果在这里发生了恶性盗窃杀人事件，那会给权藤老先生和真一君带来多大的阴影啊。或许房客会悉数搬走，房间再也租不出去，那他们的经济也会蒙受巨大损失。

于是真一君就化身为西哈诺。目前看来，他也是满足所有条件的唯一人选。

我开始想象，在事件发生近一年后的九月初，某天夜里，权藤真一君因为某些原因进入了二楼B号室。也不知道为什么他就爬上了放在空屋里的梯子。

然后也不知道他是有意还是无意，就发动魔法打开马克杯大小的时空隧道。或许这也是他第一次使用从祖母那里继承的能力。

隧道打开了，他从墙壁上的空调管道孔里听到了说话声。是我在对梵豪说话。对他来说是一年前就已去世，并且在十六年前曾做过自己同学的女生的声音。

十月下旬，在我身上发生了一件大事。上司问我愿不愿意换去别的门店，而且还是在十一月十五日这种没头没尾的日子开始上班。

"神奈川县的茅崎，你有兴趣吗？"

饮品店里，主任试着问我，想看看我的反应。

"那里有人想调过来，所以相应地我们也要调一个人过去。不知道你愿不愿意。"

据说是因为茅崎分店的那个人有亲属调到东京上班，所以也要跟着调过来。那人似乎有点背景，对于这种要求公司也没反对。

"情况比较特殊，但我们会尊重北村小姐你的意见，这个日子的确上不上下不下的，如果接受调职的话，公司会安排你的住宿。"

主任用半请求的语气对我说，让我再考虑几天。但当天傍晚我就走到正在敲电脑的主任身边对他说：

　　"调职的事，我接受。"

　　连我自己也感到意外，我会回答得如此干脆。

　　"为什么？"

　　平野先生不仅惊讶，还感到很意外。

　　"如果我一直留在这里不会很奇怪吗。"我说。

　　"旧时间线中，九月结束后我就不存在了。我已经住得够久了。"

　　"但如果你搬走的话，说不定会有无关的人住进来。"

　　他高亢澄净的声音听上去像在告诉我，又像在挽留我。

　　"你的想法我明白，你是想在旧时间线上的西哈诺能搬进来才搬走的。但并不表示你走了他就马上会来啊。不对，他不一定会搬进来，因为现在的情况和那时已经截然不同。

　　"至少在找到西哈诺之前，北村小姐你还是住在这里比较好。只要你人在这里，西哈诺迟早都会找上门来的。

　　"西哈诺只需要每周一次，每次一小时的时间就足够了。而且这只限定在九月。他搬不搬进来其实不重要。或许北村小姐你继续住着反而会好一些。"

　　"没事的。"

我打断平野先生的话。

"为什么？"

平野先生问我，我没有回答，但他应该已经知道答案了。

"你已经知道西哈诺是谁了吗？北村小姐觉得你搬出去，那个人就会紧跟着搬进来？"

"嗯，等我搬走，大概会吧。"

平野先生陷入漫长的沉默。

"但是，如果那个你认为是西哈诺的人，和旧时间线上自称西哈诺的是同一个人，他看到你好好的，也就不会再冒用我的身份采取行动了。

"任由这件事自行发展下去，他就没有去帮你的理由。所以我们必须一起去说服他。他会不会相信还不一定呢，如果你搬出去他搬进来不是更加——"

"我会写信。"我说，"我会自己对他说明，平野先生不用担心。"

是的，接下来就是应该由我一个人去做的事了。

如果旧时间线中的西哈诺（就和梵豪那张臭嘴说的一样）对自己的长相很没自信，在听过我的请求后，为了帮助我或许仍然会去冒用平野先生的身份。但这太委屈他了，我不愿他这样做。为了他，我也不能让平野先生来帮忙。

平野先生听我说完后，又陷入了沉默中。

"你确定那个人就是他吗？"

"确定。"

"也不需要我帮忙？"

"我一个人就可以了。"我回答道，"麻烦你这么多，非常感谢！"

我拜访了房东，告诉他因为公司安排需要搬家的事。

"那真是太遗憾了。"房东先生说着，突然喜笑颜开。

"对了，北村小姐十一月份搬出去后，真一马上就能搬进来。他十二月份就要回日本了。"

这并没有出乎我的意料。

"那孩子之前就说想和我住，但我觉得年轻人和我这样的老头子一起住太可怜了。我之前就想过要不要让他住在公寓里。"

"您的公寓的确是最好的住处，和您家离得这么近，相互也有个照应。"

"没错，你说得没错。北村小姐搬走本来很遗憾，但时机刚刚好，坏事变好事了。"

房东掩饰不住脸上的喜色，我也替他高兴。

第一步成功了——就和我想的一样，到目前为止都很顺利。

晚上九点过后，玄关的门铃响了。我打开门看见身穿西装的平野先生站在门口。

"说话方便吗？"

没等我回答他就进了屋，一屁股坐在餐桌边上。

"我有话对你说。"

"什么话？"

"请你坐下听我说，那种淡得像水一样的红茶就不要泡了。"

你是来吵架的吗？不过想想之前和他打电话的时候，我的口气恐怕也好不到哪里去。不管了，先坐下再说。

"你想——"

"请不要搬走。"

平野先生紧盯着我的脸说。他脸色很难看，双唇几乎没有血色。

"为什么？你觉得我继续住着，计划也能顺利进行下去吗？"

"我觉得可以，但我要说的不是这个。"

平野先生探出身子。

"我喜欢北村小姐！"

我承认我被吓到了，但不是那种不好的惊吓，只是怎么都没想到，平野先生会用这种方式向我告白。他大概是下班后连家都没回，就直接跑到我家门口来说这些的吧。

"我希望你也能喜欢我，你觉得这是痴人说梦吗？"

我没有回答。

"你是有喜欢的人了吧？"

"嗯。"

我简单又干脆地回答他。

"是谁？"

"西哈诺。"

"我就知道。"平野先生苦笑一声，"你知道西哈诺是谁以后，就喜欢上了这个我不认识的人，是这样吗？"

我不能说，闭着嘴咬紧牙关保持沉默。

"我想问你，是不是作为男人，他比我高比我帅，比我有魅力？如果是的话，我能理解，这也很正常。本来我就是个又穷又失败的男人。如果——"

平野先生低下头盯着桌面看了一会儿，继续说：

"如果你只是因为西哈诺对你有恩，他曾在旧时间线上救过你一命，你为了这个就选择他的话，我认为太不值了。"

他抬起头，直视着我的双眼说：

"因为在现在这个世界，在现行时间线上西哈诺根本不是你的恩人。没有我俩去说服他，他什么也不会做。就算他拥有能触发奇迹的能力，也只是让这种能力白白浪费掉。

"如果北村小姐现在要感谢一个人的话，难道不是坐在你面前的我吗？因为接下来要发挥作用的人是我。虽然你说让你自己来解决，但我觉得我出手会比你做得更好。西哈诺是个男人，对男人摆事实讲道理可是我的强项。"

平野先生说得对。我低着头听他说，就像个被父母责备的孩子。但他在生气的时候不像父母那样有时会不讲道理。

"请忘记我刚才说的话。"

他说到半途突然偃旗息鼓，重重地叹了一口气，仿佛很厌恶刚才自己说的话。

"竟然说让你感谢我，我还什么都没有为你做呢，真不要脸。"

"不，不是这样的。"

"西哈诺其实已经为北村小姐创造过奇迹，我还说他什么都没做，太无耻了。"

他又叹了一口比刚才更沮丧的气，好像要把自己也吹走。

"如果我是西哈诺就好了——那我就能把旧时间线上的未来与过去相连接，这样救北村小姐的人就是我。那你也——算了，我真是想得太美了。"

平野先生又低下头，双唇紧紧地纠结在一起。

"但这是不可能的，从各种意义上来说都不可能。我没办法搬到 B 号室，我付不出那两年份的房租，我连三个月的钱都凑不出来。"

这我也想过。对哦，平野先生就是西哈诺的可能性不是没有。

"而且杰娜和美里也是。"

"啊？"

杰娜和美里是平野先生房间里那两个美少女手办的名字。他告诉我这都是故乡老友送给他的礼物。两个手办的形象都是原创的，没有原作参考。

"那两个手办怎么了？"

"之前也说过吧。如果旧时间线上的西哈诺是救了北村小姐一命的人，那他在现行时间线上应该没有这段记忆。

"但如此强烈的记忆照理会残留在意识的深处，然后通过一个触媒与现实连通。就像北村小姐的布偶梵豪会开口说话一样。

"我的房间里有人形的物品。如果我是西哈诺的话，它们就应该会有变化。但不管是赏金猎人杰娜还是超能力女子高中生美里，我房间里的这两个手办都没有说过话。"

这种一说出口就会被当成怪人的话，平野先生可是一本正经地说出来的。不过回想一下，我和他之间的对话从最开始就一直是这个样子——从九月末我冷不防地问他"你为什么要装空调？"开始。

235

"现在再说这些也没意义了，反正我不会是西哈诺。每个人都有每个人的能力，像我这种从上学开始连投篮都从来没有命中过的家伙，怎么可能创造出奇迹嘛。但我喜欢北村小姐，不管西哈诺是谁，我肯定比他更喜欢你。"

坐在对面的平野先生想要站起来，他的两只手也向我这边微微挪动。

但我没有伸出自己的手，平野先生发觉后就没有再动了。

西哈诺这个看不见的存在此时仿佛化身为一个透明人盘腿坐在桌上，两侧是我和平野先生。他轮廓模糊不清的脸孔，看看我又看看平野先生。

"不要搬走，请留下来。"

平野先生恳求我道。但他似乎也看见了那个透明人，语气要比刚才弱了很多。

"我做不到。"

"那是不是要我打你一巴掌才会清醒呢！"

依旧高亢澄净的说话声中混入了痛苦的感觉——他对我和他自己，在诸多方面感到气愤。

"别走，你这个笨蛋！或者说我现在就把你推倒，这样你就不会离开我了吧。但前提是我要做得出来才行。但我绝不会对你做那种事。"

我什么也没说。整个身子就僵在那里，连气都不敢大声喘。

过了好一会儿，同样一句话也没说的平野先生终于打破了沉默。他抬起头，平静地问我：

"什么时候搬家？"

"十一月底。"

"那还有些时间。我们再讨论一下吧。"

"嗯嗯。"

我对平野先生撒谎了。

实际上十一月中我就要开始新职场的工作，那也就是说要在上旬搬家。住的地方公司已为我找好。

我调职的那天也是平野先生参加的小说新人奖的截稿日，都在十五号。为了让准备至今的原稿尽善尽美，平野先生大概会在截稿日之前反复修改。我打算在这期间搬家。

对，我这样做是为了从他身边逃走。

也就在平野先生写作期间，我反复思考，最终发现自己最喜欢的人是西哈诺。就是在九月的夜晚，那个低沉嘶哑的声音的主人。

但在听到那个声音的时候，我心中浮现的却是平野先生的脸。然而那个人不在了，或许可以说，那个声音和平野先生的脸组合起来的人，从一开始就不存在。

所以我喜欢的是一个幻影。一个由脸（来自平野先生）与声（大概来自权藤真一君）组合而成的幻影。如果一定要我选择一个，选脸——恐怕很难。

我并不是因为看了《西哈诺·德·贝热拉克》才会这么想。在一个人的诸多优点中，最吸引我的是个性。现在这种情况，代表个性的则是声音。

换言之，我真正喜欢的人是权藤真一君，或许这样说比较正确。但现在的他并不是那时的他。即便是同一个人，如果按照现在这个情况发展下去，他大概也不会和过去的我说话，并且说自己就是平野。

那不如就和平野先生在一起？我也曾这样想过。但这样的选择，难道不是一种得不到最好的便退而求其次的施舍吗？这同样对平野先生不公平。

而且平野先生是个好人。虽然他初见时给人很冷漠的感觉，但交往下来就会知道，他绝不是只有长相过得去的人。说起言谈，他也对我说过很多重要的话。表面上他似乎经常抱怨自己这里那里不好，但其实他是一个既温柔又聪明的人，经常说一些关心我和鼓励我的话。

正因为他是这样的人，我才不能把他当成"第二选择"。我能做的也只有逃离这里，去追寻不存于世的九月幻影。

我知道自己正在做一件蠢事。但没关系，又不是现在才开始的，我从一开始就没聪明过，索性就一蠢到底吧。我一边想一边打包着要搬走的行李。

"总之，搬家是搬定了。"

我站在行李都已打包完毕，上下显得空荡荡的房间里对梵豪说。

"平野先生大概会伤心吧。但年轻人嘛，难过三天就不难过了。"

"谁知道呢。"

它的回答依旧简单干脆，但我对它这种不上心的态度有些冒火。

"怎么了？难道你希望我说，他一定不会的，他会单身单到老，然后日日夜夜对你思念不断吗？"

"当然不是。"

"那就好了呀。难不难过是他的问题。"

"是啊，我想这么多干吗呢。好了，最后就是要给权藤君写信了。"

我开始写信。

简单的开场白之后追忆了一下小学六年级的生活，然后聊了聊现在的工作，接着说起入住"戈多之家"的经过。但接下来我就不知道要怎么写了——想来想去还是开门见山比较好。

尽可能如实地说明所发生的事。墙壁上安装空调管道的洞里发出声音，那个声音告诉我未来的新闻，让我相信他身在未来。然后我开始接受那个声音的委托去跟踪Ａ号室的平野先生。

之后我的房间发生了盗窃案。小偷被捕后随身携带着小刀。据办案的水鸟刑警说："案发当时北村小姐不在家实属幸事。"

综合考虑过后，我猜想未来之声的真正目的，是为了防止我在公寓被盗那天正好撞上小偷。而未来之声的真实身份应该就是你，权藤真一君。因为你将在我之后搬入这个房间。房东和这栋公寓对你而言都是非常重要的事物。

我知道你读过这封信后肯定会很诧异，但请你相信我绝不是精神有问题的人。请你结合我所说，看看我说的话有没有道理。如果觉得我说的话有"一点点"的可信度，那请在来年的九月一日的晚上，把脸靠近墙上的那个空调管道孔，应该能听到本不应该出现的声音。之后如果你仍然相信我，请每周都在同一时间和过去的我说话——

写到这里连我自己看了都觉得很扯，但还是找了一张信纸工工整整地誊写了一遍。我在末尾写道："方便的话，请与我联系。"并附上了自己的手机号码。想了想又加了一句：

"附笔，我想提一个厚颜无耻的要求。请不要安装空调，拜托了。"

写好了。我想如果权藤君也很怕热的话，那这个要求是太不要脸了。

信写完后我装入了信封。在上面写上了"权藤真一收"几个字。要不要拜托房东转交呢？我正在考虑的时候梵豪突然强烈反对。

"你最好不要这么做！"

"为什么？"

"总之就是不要。"

我不知道它为什么要反对，问它理由，褐色的小熊却像之前的西哈诺那么倔强。

"那你说这封信要怎么办？"

我索性把问题抛给它。

"你把信纸折得更小一点，再找个小信封装起来。收件人也不要写，放进那里，就是你和西哈诺通话的空调孔里。"

它还从未对我发出过如此明确的指示。

"但我搬走后会有清洁公司的人来打扫的。"

"等你搬完家过后的一段时间，清洁公司的人来过之后你再来放不就好了吗？那时候你就说来看看房东，顺便拜托他让你看看曾经住过的房间。"

梵豪的思路倒是很清晰。

"你就说自己想追忆下曾经奋斗过的地方，反正你自己找个适当的理由啦。房东肯定会答应的。你就趁这时候放进去。"

梵豪坚持这个主张，问它理由又不说，我就不答应。这可

九月之恋

是关系到我性命的大事啊。

我对着个不会动也没有表情的布偶，倾倒了所有能想到的后果，然后像个泄了气的气球似的不再说话。

过了一会儿我想到，如今我竭力想去促成的事，或许命中早已注定。

平野先生曾说："时间混乱的源头会被掌控时间流——类似神一样的存在给消除掉。"两条时间线究竟哪一条会被留下来，神已经做出了选择。

那我还坚持己见又有什么意义呢，信能不能顺利转交都不是我能决定的。

既然想通了，就觉得梵豪的方法也不错。就把这封努力写完的信交给命运吧。

我原本觉得让房东转交最稳妥。如果放在房间里，或许有人会在权藤君之前进房间把信取走或当垃圾扔掉。就算信能保存到权藤君搬进来，他可能也根本不会发现。

或许这封信要经过命运之神的试炼才能真正发挥作用，他拿到信的时候也会认真地看，相信信中所说的事。再不然放在空调孔里也比塞进玻璃瓶里扔进大海让他能捡到的概率要高得多了。

说服自己后，我决定按照梵豪说的去做。

我在十一月的第二个周三搬走了。十二月初我拜访了房东，提出再看看房间的请求。

房东欣然应允，把钥匙借给了我。我再一次爬上国原先生留下的梯子，就像装定时炸弹一样，小心翼翼地把迷你版的信封塞进了墙上的空调孔。

在新环境每天都过得很安逸。

茅崎这个地方的生活很轻松，客流量和之前任职的门店不能比，每天只有零零散散的几个客人。而且这里的客人都很好说话，下单后也不会随意变更行程，我们也不用为此忙前忙后。

店里的同事有一个上了年纪的大叔和一个三十多岁的姐姐，加上我一共只有三人。工作很轻松，其实只有他们两个就够了。我总觉得这是因为在旧时间线上我死之后，这里的人调到东京填补了我空缺的缘故。这里原本就不需要三个人，我是硬加进来的。

这样一来我也觉得挺高兴的。原本不应该来这里的我却来了，但没有人因此消失。这不是一件好事吗？

每天的工作都很轻松。公司我为准备的公寓到门店只需步行十五分钟，我终于有时间做饭了。下班后我可以优哉游哉地去商店街逛逛，购买便宜又新鲜的食材。

休息日我依旧会带着照相机出门拍照。住处离主城区有些远，我就步行五六分钟去附近的海岸。宽阔的海面，朝阳下冲浪者的身影，午后在沙滩上嬉戏的孩子，还有在步道上散步的老夫妇，这些都是我拍摄的素材。

我享受着这样的生活，某天去藤泽购物时买了一部橙色的新手机。

因为手机联号，换手机就意味着要换号码。我给所有能想到的朋友都打了电话，告诉他们这是我的新号码。

此后出门的时候我都带着新手机和以前用的那部白色手机。白色的手机虽然会开机，但已不用它打电话，也没有人打过来。

从今以后会打那部白色手机的人只有一个——就是读过我那封信的人。

风平浪静地度过了十一月剩下的日子，年末和年初也匆匆而过。

二月中旬，我打开报纸，看到了一个熟悉的名字。出版社主办的推理小说新人大奖，获奖者是东京都的平野进。

二十七岁的平野先生是公司职员，他是这个奖项第二年轻的获奖者，奖金三百万日元——获奖通报下面有这样一段简短的介绍。我才知道这个奖原来这么有名，他能赶上截止日期真是太好了。虽然我为平野先生获奖感到兴奋，但一想到他身在远方就有些怅然。

梵豪坐在新居的桌子上，我坐在它的面前读报纸上获奖的新闻。

"人家都得奖了，就算之前还记得你，现在也有理由把你忘了吧。"

嘴巴还是那么毒，但我没有生气，心想这样挺好，挺好。

"那之后，他就没联系过你？"

虽然已经进入三月，晚上的气温还是很低。梵豪刚才说的"他"是指我儿时的同学，权藤真一君。

"他现在不联系我也没关系。"我这是在逞强，"要到九月才需要他成为西哈诺。"

"你说他读过你的信了吗？"梵豪又问，"没有看完就扔掉了。认真看过的话，到这时候肯定会有反应了吧。"

"是吧。"我也承认。

"会不会失败了？"

梵豪摆出歪着脑袋的可爱姿势，说出了令人绝望的可能性。

"如果真失败了，你说会发生什么？"

"会发生什么？按照平野先生的理论，那旧时间线就会复活。"

"不，我知道你会被杀掉。"

梵豪说话从来没考虑过听的人，也就是我的感受。但如果它是我的分身，并且携带着"被杀"的记忆，那么它说话再难听我也忍了——只是听上去，实在刺耳。

"我想问旧时间线复活，到底是重复一次你被小偷杀害的经历呢，还是略过这一步，志织你直接原地消失？到底是哪一种形式来表明复活了呢？"

"这我怎么知道。"

"那让你选呢？"

"我哪种都不要。"它把我说哭了。

"哭鼻子可不行哦。反正是人都是要死的，无非就是早晚或者疼不疼的问题。"

"别说了！"就算是要死我也不想听。

对此我除了等待没有别的办法。等待气温由冷转热，等待铃声响起。真是个痛苦的季节。

在惴惴不安的三月快要结束的某天，我正走在下班回家的路上，白色的手机铃声响了。我看了眼屏幕，结果是个没见过的号码打来的。

"你好，我是北村。"

我屏住了呼吸，但迟迟不闻对方回应。

"喂喂？"

再问一次也没用，但我知道电话那头有人在听。那个人也拿着手机，屏着呼吸，似乎在等待着什么。

"——权藤先生？"

我试着问了一句，依旧没有回答。

"你是谁？喂喂！"

我把手机从耳边拿开，看着仅传出微弱气息声的手机听筒。当然，我知道光看也看不出什么。

好像感觉到了我的视线，突然传来挂断电话的声音。我感觉莫名其妙，但马上回过神回拨过去，结果只听到"对方电话无法接通，或已关机，请稍后再拨"的提示音。

"你说刚才那个电话是怎么回事？"

准备睡觉的时候我问梵豪，它没有回答。

"是一个没见过的号码打给白色手机的。"我继续说，"我接了以后对方没有马上挂断，他听我说了几句话，好像在试探我的反应。

"我还以为是权藤君呢，害我白高兴。我问他是不是他也不回答。等我打过去的时候他已经关机了。你说是怎么回事？"

我说了这么多，坐在桌上的小布熊依旧不言不语。

平时我说一句它就会跟三句，还经常说一些我没想到或者我不想听的事，今天却连随声附和都不会了。我不能理解，便不停地说话烦它。

"连你也关机了？一个小布熊学什么手机装没电啊，你身上连根螺丝都没有。"

我带着轻蔑的口气向它挑衅，结果梵豪还是一声不响。

"你究竟怎么了？"

见它不响，我带着一肚子的气开始碎碎念，然后一甩手关了灯就钻进被窝睡觉了。

差不多过了一个多月左右的四月下旬，临近黄金周的周二晚上，那只白色的手机又响了。这个号码我记得，就是之前那个接了没说话的号码。

难道还是什么也不说吗？或许这次不一样吧，我抱着一线希望，按下了通话键。

"你好。"

"是北村小姐吗？"

这次对方马上就回话了，而且还是那个低沉沙哑，宽厚又成熟的声音。是西哈诺，我不会忘记他的声音。

"对，我是北村。"

我本想接下去说"好久没联系了"，但话到嘴边还是咽了回去。他也没察觉到我欲言又止，用一声带有怀念气息的"啊"接上了我的话。

"我有话想对北村小姐说，可以和你见个面吗？"

"嗯，当然可以。"

"事情有些突然，你看明天可以吗？周三你应该休息吧，或者你有别的事？"

"没有，没有别的事。"

"那我们在横滨见面可以吗？虽然那里不是你和我住的地方的正中间。"

"嗯嗯，没问题。"

"上午十一点，在山下公园可以吗？"

"可以的。"

"那里你去过吗？"

"去过。"

"那就在公园里红鞋女孩雕像的旁边，能看见海的长椅上坐着等我好吗？平日上午那附近应该没人。我会去找你的。如果还等不着，我就打你的电话。"

"麻烦你了。"

"太好了。突然约你见面，还怕你有事来不了呢。"

他很高兴，和我答应跟踪平野先生的时候一模一样。

"能听见你的声音我很高兴。那么，我们明天十一点见。"

"嗯，十一点见。"

"山下公园，红鞋女孩雕像旁边的长椅上。拜托你啦。晚安。"

"晚安。"

我放下电话，发觉"能听见你的声音我很高兴"这句话应该由我来说才对。

"明天，十一点。山下公园的长椅。"

我兴奋地对梵豪说，它没有回话。

自从上个月末白色手机响起之后，这只多嘴熊就再也没有开口说过话。

虽然我讨厌它总说些让我不舒服的话，但它一直不理我，我也会觉得寂寞。我也开始故意说些讨好它或者激怒它的话来引它开口，结果完全不起作用。

到底怎么了嘛，我感到不安——但过了明天再说吧。

翌日，晴空中刷过几道淡薄的白云，我在上午十点从公司分配的宿舍出发赴约。

要见到西哈诺了。不，是去见在旧时间线上自称西哈诺的人。虽然是同一个人，但又是另一个人的权藤君。

他肯定是读过信，相信我写的那些内容才会联系我的吧。他没有在我放好信后就马上联系我，或许是因为他也才刚刚发现。

我穿着比平时稍稍讲究一些的罩衫和裙子去车站，感觉就和第一次跟踪平野先生那次一样。只不过那时是初秋，而现在已经是春末。

随身挎包鼓鼓囊囊的，是因为我不光带了手机、钱包和钥匙，还把那只后来就再也没有对我说过话的小布熊梵豪也塞了进去。它是我的分身，某种意义上也算是我的监护人，这种场合应该带着它。

先搭乘东海道线在横滨下车，然后换乘港未来线坐到终点站。我根据指示前往靠近山下公园的出口，走出地面后就看到了已被改建成博物馆的冰川丸号邮轮的烟囱。

狭长的公园里有一排面海的长椅，我照西哈诺说的在雕像不远处选了一张坐下。离十一点还有一刻多钟，我在这段时间里开始回忆去年九月以来发生的种种。

从墙上的洞听到声音，三次跟踪和盗窃案。本应在旧时间线上已死去的我，在二〇〇五年九月替我将这件事"消除"的西哈诺，以及向我解释整件事的来龙去脉，如今已经成为新人小说家的平野先生。

平野先生说，如果什么也不做持续到今年的九月，届时就会产生很严重的后果。

会发生什么后果呢？如果什么也不做，"西哈诺联系上去年的我"这件事便不会发生，但我还有"西哈诺去年曾对我说过话"的记忆。命运之神是不会允许有这样的矛盾存在的。

待会儿要来赴约的人，是否能意识到问题的严重性，与我一起防止产生"最坏的结果"呢?

应该会的。既然都特意约我出来见面了。

我看了看手表,出门前检查过的手表时针已经指向了数字11,而分针已经快与数字12重合。

就在这时,我的手机响了。

"你好。"

"太好了,你来了。"

是那个低沉沙哑的声音。是心理作用吗,这个声音的来源好像要比任何一次都近。

"现在你在哪里?"

我拿着手机朝四周张望。

"请稍等一下。请把头转向大海的方向。"

西哈诺说。我像去年九月一样听从他的指示。

"在我说完几句一定要说的话之前,请保持这个姿势和我通话。如果没问题请再转过来。"

"哎?"

"那件事已经完成了。不是在今年九月,而是三月。其实当时'西哈诺'和北村小姐相隔的时间并不是一年而是半年。相隔一年只是西哈诺单方面的说法,他也没有证明过不是吗?

"总之,我已经顺利完成了扮演'西哈诺'的工作。我已经按照你告诉我的,通过墙上的孔洞,把该说的话都已经告诉去年九月的你了。"

我没有提出疑问，侧耳倾听他缓缓道来。

"到去年九月二十日，也就是盗窃案发生前一周为止，我每周三都会和过去的北村小姐联系。给她读新闻标题，让她核对，以此来证明我是身在未来的人。我确信这期间的进程都和预想的一样顺利。

"那天晚上是我和她最后一次联系。我千叮咛万嘱咐下周，也就是二十九日的跟踪非常重要，无论如何都要坚持到最后。

"我相信她按照我说的做了。证据就是我现在能够看见北村小姐你站在我的面前。"

我猛地一转身，尽管他刚才让我一直看着海。

于是，我看见了西哈诺。

不远处的草地上有个人手里拿着手机，面朝我站着。看到他的一刹那我就知道他是西哈诺，但紧接着我又发觉他像另外一个我认识的人。

"平野先生？"

我睁大眼睛看着他，微微起身。

没错，就是平野先生！他的背脊要比之前挺直了许多，依旧是黑色裤子和深绿色衬衫的搭配，但款式要比上次的高级。大概是最近比较忙的关系，人比最后一次见到时瘦了，但表情更加自信。

"请继续坐着。"他对正要朝他走去的我喊道。

"你别过来比较好，我得了很严重的感冒。虽然我也想过来和你一起坐在长椅上，但要说的比较多，我怕传染给你。

"你明白了吗？北村小姐你听到的那个沙哑低沉的声音，其实是我咽喉肿痛时的声音。直到昨天才联系你，也是因为我在等自己感冒。"

"这么说——"

去年九月，扮演西哈诺和我超时空通话的平野先生一直在感冒咯？

他似乎察觉到我的疑问便解释道：

"与去年九月相连的不是今年九月，而是今年的三月。刚才我说过，九月只是西哈诺——也就是旧时间线上的我单方面说的，他没有任何证明。他大概觉得和半年相比，身处一年后的'未来人'会更有说服力，话题也比较容易推进。

"但事实就是三月。三月是过敏季，我记得之前说过，我有重度花粉症，发病的时候不光是鼻塞打喷嚏，连嗓子也会出问题。

"到了今年二〇〇五年。因为去年夏天的酷热，杉树花粉的飘散量是往年的十到二十倍，所以整个三月我的嗓音听上去就像外国电影里配音的反派。我对扁柏或者其他的花粉不会过敏，好起来也挺快。

"我自己的声音我很清楚，像这样的声音在我过敏的时候就会出现。所以当北村小姐说西哈诺的声音'低沉沙哑'的时候，我就有个想法一闪而过，那会不会是我的声音呢？

"但你后来又说不光如此，那个声音听上去很自信，和我的声音明显不同——但我现在的声音是不是也自信多了？

"那是因为在北村小姐搬走后，发生了一件让我产生自信的事。你知道是什么吗？"

"你的小说获奖了？"

"对！这件事让我因很多人和事而产生的内疚感以及自卑心理，一下子消除了大半。你知道吗？自卑少了一半，自信能增加四倍呢。

"那我接着往下说吧。首先要问你的是，北村小姐，你是不是一直以为西哈诺的真实身份就是房东的孙子，权藤真一君？"

我靠着长椅，背对平野先生点点头。

"一开始我也是这么想的。等北村小姐搬走后，我想这事只能我一个人去做，就开始着手调查——于是我就去问房东，房间空出来以后是不是有人要搬进来？

"他告诉我在国外工作的孙子回国后预计会住在这里。我听他这么一说，又得知权藤真一君原来是北村小姐儿时的同学，心想原来是这样啊，那看来旧时间线上的西哈诺，引发奇迹拯

255

救北村小姐的就是这个人没错了。

"当时我觉得这是命运的安排，或许不用我多此一举，你们也会顺顺利利地进行下去。北村小姐心里已经想好了吧，所以说会给他写信。

"虽然我很是失落，但这对北村小姐有利，那就最好了。后来我也见到了真一君，发现他的确不错。小学时可能不是人见人爱的少年，但现在已经长成成熟稳重的男人了。

"但权藤真一君却不是B号室的住户。他二月份回国后的确在B号室住了一段时间，但后来就搬走了。"

"搬走了？"

"嗯，因为房东先生的哮喘恶化了。倒也不是非常严重，但比之前要厉害了一些。真一君担心他的身体，就搬回去和他一起住了。

"因为这样，二月下旬B号室又变成空置的状态。如果就这么空着，不久就会有人住进来吧。但那个人并不是原先你我都认为一定是西哈诺的权藤真一君，而是个毫无关系的陌生人。

"那时候我就做出了决定。只要我自己住进B号室不就好了吗？

"我那时候的想法是，北村小姐听到的说话声来自旧时间线上的西哈诺，也就是权藤真一君，但他在现行时间线上却因故搬走了，那只能让我来代替。为了避免产生祖父悖论，又回

归到旧版时间线或者时间流断流，只要有人去干涉就行了。至于这个人是不是旧版的那个或许不那么重要，只要有人和过去的北村小姐说话，发出相同的指示。

"我觉得这个方法可行，我也甘愿为你去做这件事。但前提是要让空调孔中那一小块空间与过去相连。

"我也不知道能不能成功，先搬进 B 号室再说。哈哈，我知道你想问什么了。"

隔着这么远他好像也看到了我脸上的疑惑。

"房东权藤先生不喜欢住客搬来搬去，所以在租房合同上添加了'原则上禁止公寓内搬迁'的条款。如果无论如何都要搬的话就要预付两年的房租。

"这两年的房租如果放在以前我肯定拿不出来，但现在我不用为钱担心了，新人奖的奖金有三百万日元。准确地说，那时我钱还没拿到手，奖金要在颁奖仪式上领取，而颁奖仪式是最近才举办的。

"没办法，我只能预支。出版社还是第一次碰到我这种预支奖金的获奖者，但他们还是借给我了，只是态度上没有那么情愿，我也有点尴尬。"

"你好不容易拿到的奖金就这么用掉了——"

"嗯，我付了房租还清了欠亲戚的钱基本就没剩多少了。不过我有很长一段时间不用付房租，这也挺好的。原来的工作我还会继续做下去，得到新人奖只是开始，日常开支依旧靠工资。小说我还是会利用工作之余进行创作，除了我知道自己的作品会有专业编辑审阅之外，其他和之前并没有不同。

"之后我就从 A 号室搬到 B 号室。差不多都整理完毕的那天晚上，我注意到房间里的那架梯子。听说那是你之前的住户遗留在房间里的。我把梯子拖到空调孔的下方，然后爬了上去。

"我在空调孔里发现一个很小的信封。信封上什么都没写，里面是北村小姐给权藤真一君的信，看来他没有发现这封信。"

我原本在信封上写着"权藤真一收"，打算让房东转交给真一君，但梵豪反对我这么做，我就什么也没写。

"也就在取信靠近空调孔的时候我听到了。我听见北村小姐在对玩偶说话。

"你在说几天前与我擦身而过时的感觉，当听到你评价我'腼腆'的时候，我就忍不住笑了出来。那时你听到了这个声音，于是我们就聊了起来。

"之后发生的事你应该都知道了。在过程中我也才明白，我不是替补。"

对！西哈诺就是平野先生。是我脑洞太大想出自卑冒名的戏码，如果西哈诺不是平野先生，他又怎么会听到我说他腼腆就忍不住笑出声呢。

　　"从一开始我就是西哈诺。我现在很确信，但还是要问问你：'我现在的声音，和你之前听到的声音一样吗？'如果一样的话，那就百分之百没错了。怎么样？一样吗？"

　　我用全身的力量重重地点了两下头，然后猛地转过上半身，双手紧紧地抓住椅背。如果他这时站在我够得着的地方，我会用同样的力量握住他的手。

　　"太好了！"

　　平野先生笑了。虽然很远我看不清，但我相信他脸上肯定露出了两颊各有三条皱纹的笑容。

　　"这边三月的时候，那边的九月就已经结束了。从空调孔再也没有传出北村小姐的说话声开始，我就知道我们已经跳出了时间的循环，而且是以我们希望的方式。"

　　梵豪也是从那时候开始不说话的。原来是这样，旧时间线被废弃的同时，梵豪的记忆也消失了。

　　"三月末的时候我给北村小姐打过一次电话，那次什么也没说就挂断了。十分抱歉。当时我是没法开口，花粉症的症状不像现在这样，说话的声音也不一样，但我还是想确认你平安无事——啊，不好意思，请稍等一下。"

　　这话好耳熟啊。我见他侧过身的同时把手机塞进口袋，然后摸出纸巾开始擤鼻涕。

　　原来如此——西哈诺在和我对话的时候，经常隔个五分钟或十分钟就说一声"请稍等",然后消失一段时间。他还解释说什么"空间连接不稳定",原来是骗我的,其实是和现在一样去擤鼻涕了。

平野先生又转过来,拿出手机贴近耳边。

"那我从一开始就是西哈诺这件事你还有什么疑问吗?"

我想了想,记得之前平野先生说自己"绝不会是西哈诺",一个原因是没钱搬到 B 号室,还有一个是——

"平野先生你说过吧。房间里的手办没有说话。平野先生如果是西哈诺的话,旧时间线上的记忆也会找一个载体和你说话。"

"嗯,手办的确没有说话。"平野先生说。

"对我来说,突然开口说话的却是别的东西。"

"是什么?"

"是小说。就是当时投稿参赛的那部。"

平野先生立即回答道。我突然想起他说过自己笔下的人物"变活了"。

"我写的是犯罪主体的推理小说。小说里主人公为了救女主角,想尽各种办法自己却先死了。到最后女主角有没有得救他也不知道,要在结尾才会向读者揭晓谜底——

"这是个我很久以前就开始构思的故事,但这次在写的时候仿佛有一种不寻常的力量在激励我写下去。我想,这股力量

来源于我想成为西哈诺拯救北村小姐的愿望。但那其实不是愿望，而是'旧时间线'上的记忆。曾经救过你的记忆从笔尖不断流出，不然我也不会埋头写稿，即便在北村小姐你搬走后调职到远方，我也没有停下笔。"

平野先生顿了一顿。

"还有别的疑问吗？"

"还有一个。"我说。

这是一个非常"重要"的问题。

"我现在知道平野先生就是西哈诺了。不光是声音，还有其他细节都能对上。我也很高兴你是他。但有一件事我还不明白——"

"什么？"

"平野先生说自己想成为'西哈诺的替补'，你为了救我甚至硬着头皮去预支奖金。但那是因为十月份的时候我们经常聊天，也变得比以前熟悉的缘故。可在旧时间线上我们没那么要好啊。八月末的时候，我们在楼梯间见过一面，九月末的时候我就不在了。

"那旧时间线上的平野先生，为什么会为了我去当西哈诺呢？"

平野先生朝脚下看了看，在犹豫了 0.5 秒后，他直挺挺地望向我，手机里传来他坚定的声音。

261

"那当然是因为喜欢你啊，北村小姐。这很奇怪吗？"

我的心抖了一下。

"虽然我们只在楼梯间见过一次，但也就是那一面，让我对你一见钟情。真是个百分百的女孩啊，我是这么想的。在旧时间线和现行时间线出现之前的八月，我就已经喜欢你了。"

我的脸也开始发烫。

"在现行时间线上，我们之间发生了一些误会。一直暗恋的人突然怒气冲冲地问我为什么装空调，甚至还说在我上班的时候一直在跟踪我。

"吃惊之余我开始下意识地抵抗，态度可能让你非常不爽。虽然之后我们聊多了就变熟了，但感觉还是走了不少弯路。

"在旧时间线上却不是这样的。我会一直暗恋着你，北村小姐，却不敢和你说话。这样的状态一直持续到九月那个最后的周三。"

"最后的——"

"是的，是去年的九月二十九日。那天我到公司后接到客户的电话，不得不马上回家拿资料。这在现行时间线上的你应该知道吧。

"旧时间线的情况也一样。那时候北村小姐因为身体不舒服一直待在房间里。我回家的时候还在想，如果能遇上你就好了，就算只是在半途偶遇，我或许会鼓起勇气对你说'你好'。

"后来有没有遇到我不知道，只知道我晚上下班的时候还在想着这件事。而这个时候的北村小姐已经不在了——被入室盗窃的小偷杀害，离开了这个世界。"

平野先生的一小截影子投落在草地上。他陷入了短暂的沉默。

"我像个行尸走肉似的过了一段时间，之后开始动笔写作。"他继续说。

"小说的内容基本相同，也是主人公为救女主角历尽千辛万苦的故事。我用这部小说参加新人奖，同样也得奖了，拿到了奖金。

"还清欠亲戚的钱后，我用剩下的钱搬进了 B 号室——以我的性格这样做也不奇怪。因为我会觉得是北村小姐的死为我带来了金钱和名誉。"

"这，或许也有关系吧——"

"但最大的原因是我想住在喜欢的人住过的房间里，不忍心看见房间就这么空着，没人住而渐渐荒废。之后的经过就和这一次相同了，看到梯子后爬上梯子，不知为什么引发了奇迹，听到你说话的声音。"

平野先生说到这里，猛烈地咳嗽了一阵，不得不从口袋里拿出止咳水喝。

"嘿，是不是很长。"

"是啊。你没事吧？"我有些担心地问，"都感冒了还说这么多。"

"没关系，总会好的。但我还有最重要的事没说呢。可不能停下来。"

他沙哑的声音更加低沉了。

"接下来的话，请你望着大海听我说可以吗？"

平野先生既然这么说，我尊重他的意见。

"对，就这样。请等我说好了再转过身来。"

平野先生又轻轻咳嗽了几声，然后说：

"我——喜欢北村小姐。这我之前说过，但接下来的是我第一次说。我喜欢你，请和我在一起吧。"

耳边那个轻巧的电子机械，发出沙哑的响声，就和九月夜晚，通过奇迹空间，向我传递信息的声音一样。但是现在，头顶只有点点白云和豁然晴空，以及眼前一望无垠的明亮海面。

"我想和你在一起，不，我要你和我在一起。请不要误会，我这么说不是要你报恩。

"西哈诺带着对北村小姐的深情，引发了连接时空的奇迹。我以前是这么说的。但我觉得有一半对，有一半不对。

"西哈诺就是我，我对你也有一片真情，但仅靠这些并不能引发奇迹。剩下的一半果然还是偶然。那个空调管道孔的形状大小，以及公寓微妙角度产生的绝佳通风环境。这么多条件合在一起产生了奇迹。

　　"为什么我如此断定？因为这个世界上有很多人想要改变过去。悲剧时时有处处有，有多少悲剧就有多少希望能改变过去的人。

　　"如果仅凭想法就能做到，那不去这么做的人反倒会变成异类。只是现实中我们看到最多的还是无法改变后的悲伤和悔恨。这样的人我就见过很多，北村小姐你也见过吧，未来你会见到更多。

　　"是那些人的感情没有那么强烈，没有我对北村小姐那么真吗？不是的，这是从偶然中萌生，仅有一次的奇迹。善良的北村小姐肯定会想，'仅让我体验这样的奇迹，真的好吗？'我想你之前肯定想过类似的问题。

　　"所以你必须和我在一起，为了让你在产生这样的想法时，有一个人告诉你：'这是我造成的，而不是你。'

　　"我们必须在一起，这不是为了感谢我，而是为了责怪我。

　　"我此生都将为你受过，所以没你在可不行哦。不管是酷夏还是寒冬，不管是生病还是健康，即便是夜晚醒来睁开眼睛时。"

　　我想我快哭了——不，已经哭了。我忘记和他说好的，转过了头。

　　平野先生已经不在刚才他站的地方，我急忙朝四周张望，哪里都没有。

"我去散个步，大约十分钟后回来。"

电话还没有挂，我听见他用嘶哑的声音对我说。

"刚才说的话，如果你的答案是'YES'，我希望北村小姐能继续坐在长椅上看着海等我回来。如果答案是'NO'，希望我回来的时候你已经离开。"

"等等。"

我还没说完电话就挂断了，回拨电话已经关机。

我坐在长椅上看着海面，想着平野说的话。一点一点，一片一片，就像一幅拼图，最后拼成了美丽的图案。

打开挎包，在明亮的阳光下，我从包里拿出了梵豪。它做过我一段时间的分身，现在只是只普通可爱的小布熊。

我站起来稍微走了几步，把梵豪放在穿红鞋的女孩雕像旁边，让它陪抱着膝盖的小姑娘看海。我自己则后退几步看看他们在一起的样子，心满意足后就回到长椅旁。

过了一会儿我听见有人走近，回头看原来是雕像旁边有一对外国母女正在说话。五岁左右的女孩在说什么，母亲听了点点头，然后女孩把手伸向梵豪。

我转过头继续眺望大海，听海鸥的鸣叫声，感觉到时间的确在前进——往未知的未来前进。